행복은 말이야

행복은 말이야

지은이 _ 이미영

초판 발행 _ 2014년 1월 15일

펴낸곳 _ 수필미학사
펴낸이 _ 신중현

등록번호 _ 제25100-2013-000025호
등록일자 _ 2013. 9. 2.

대구광역시 달서구 문화회관11안길 22-1(장동) 출판산업단지 9B 7L
전화 _ (053) 554-3431, 3432 팩시밀리 _ (053) 554-3433
홈페이지 _ http://www.학이사.kr
이메일 _ hes3431@naver.com

ISBN _ 979-11-951489-6-7   03810

※ 수필미학사는 도서출판 학이사의 수필 전문 자매회사입니다.

행복은 말이야

이미영 수필

수필미학사

　내 이름으로 된 수필집을 엮는 일을 상상이나 했겠습니까. 뭐 그리 읽을 만한 작품을 쓸 능력이 된다고 책 출간을 결심했겠습니까. 게다가 책을 펴낸다 해도 시골뜨기 아줌마의 글을 누가 읽어주기라도 한다고 말입니다.

　집 근처 문화센터에 발을 들여 놓은 것이 시작이었습니다. 공부하는 삶을 곁에서 지켜보고 싶었기 때문입니다.

　글공부를 시작한 지 얼마 되지 않아 신춘문예에 당선된 것도 운수가 좋아서 그리되었다고 여겼습니다. 문학에 대한 열망은 처음부터 가져보지 않았습니다. 한 번도 문학소녀였던 적이 없습니다.

　어린 시절부터 사람은 왜 사는가를 고민했습니다. 여전히 답을 찾지 못합니다. 그래서 어떻게 살아야 할까 쪽으로 방향을 바꾸었습니다. 이 길에는 끝이 있을 것 같았습니다. 수필집 속에 목적지를 향해 가는 과정들이 담겼습니다.

　자신을 들여다보지 않으면 수필을 쓸 수 없다고 생각합니다. 작가는 수필의 바탕이고 그 사람의 생각과 이야기가 읽는 이와 공감을 나누어야 한다고 믿기 때문입니다. 그래서인지 삶을 보는 눈이 예전보다 깊어진 것 같습니다. 긴 아픔 뒤에 오는 짧은 행복을 더 감사하는 마음이 생겼습니다. 고독은 활력을 불어넣지만 고립은 우리를 무기력하고 메마르게 만든다는 글귀를 읽은 적이 있습니다. 그러했습니다. 글을 쓰는 일은 고독하고 한편으로 즐겁습니다. 책을 읽는 일은 보이지 않는 누군가와 소통하는 것이기에 하루하루가 풍요로워집니다. 읽고 쓰는 일이 가슴을 두근거리게 만듭니다.

'책쓰기포럼'과 함께하지 않았다면 출간은 엄두도 내지 못했을 것입니다. 교정 작업을 품앗이하면서 정을 나누어 주신 문우님들께 감사를 전합니다.

인생이 깊어질수록 내 존재의 기반은 가족임을 확인합니다. 든든한 지원군 남편과 열심히 살아가야 하는 이유가 되는 아이들에게 사랑을 전합니다. 사람됨의 바탕을 일구어 준 부모님과 무조건적인 응원을 보내는 오빠와 자매들에게도 사랑을 보냅니다. 혼자 지내는 시어머니께도 힘이 되면 좋겠습니다.

어설픈 첫 수필집이라도 누군가의 마음을 움직일 수 있기를 바라봅니다. 처음보다 그 다음이 궁금해지는 글쟁이가 되기를 소망합니다.

2014년 1월에
이 미 영

■ 차례

머리말 · 4

달항아리

자장면

실크로드

마음으로만 보이는 것들

달항아리

겁이 나서 그래

전화기에 엄마의 번호가 뜨면 선뜻 받지를 못하겠다. 쉽사리 할 말을 털어놓지 못하고 한참을 머뭇거릴 일이 분명하기 때문이다. "너도 바쁜데 괜찮겠냐?"하고 말끝을 흐릴 때면 차라리 당당하게 요구라도 하지 싶어서 속이 아리다. 아니 쭈뼛거리는 모양새에 화가 나는 게 맞겠다.

오 남매나 되는 자녀를 두었지만 곁에 사는 피붙이는 나뿐이다. 일마다 내 손을 빌리기가 미안해서 그러는지 마음속에 숨겨둔 불만을 알아 차려 그러는지 모르겠다. 아버지가 온전하다면 상황은 달랐을 것이다. 굳이 딸자식 눈치를 보지 않아도 남편그늘에서 안락한 노후를 보낼 터이니 말이다. 허나 십년째 중풍으로 거동이 불편한 아버지를 수발하느라 당신의 기력도 이미 쇠잔하였다.

그날은 은행에서 거래내역서를 보냈는데 아무래도 미심쩍다는 전화 내용이었다. 늙은이 혼자 다닌다고 얕잡아 보는 것이 분명하다는 말도 덧붙였다. 다음날로 나를 거느리고 은행 창구로 향했다. 한 시간여 동안 근래의 거래내역을 전부 확인했다. 정작 은행의 통지 방식이 조금 달라진 것이 전부였다. 전화로 문의만 해도 될 일을 괜히 혼자 속을 끓였다.

　며칠 뒤에는 큰 병원에 갈 일이 생겼다는 연락이었다. 진료 예약시간에 맞도록 모시러 갔다. 조수석에 앉은 엄마는 운전 방식부터 잔소리를 시작했다. 병원 출입구는 제대로 아느냐, 주차장은 똑바로 찾아가겠느냐 쉴 새 없이 거들었다.

　헌데 병원에 들어서면서부터 말수가 없어지고 앞을 향해 달리듯이 서둘렀다. 눈가리개를 씌운 경주마처럼 접수대로 돌진했다. 대기 번호표도 뽑지 않고 접수창구에 예약용지를 집어넣었다. 게다가 한도가 초과된 카드를 들고 와서 쩔쩔매었다. 나는 순서가 한참 남은 번호표를 뽑아들고 한켠에서 기다리다가 황급히 다가가서 내 카드를 대신 내밀었다.

　진료실에서도 괜찮다는 의사의 말을 몇 번이나 듣고도 거듭하여 확인을 했다. 다음 진료예약을 할 때에도 상황은 마찬가지였다. 다른 사람들의 형편은 안중에도 없는 듯이 당신 앞만 보고 일처리를 했다.

　집으로 돌아오는 내내 다음 진료 때에 엄마가 해야 할 일들을 예행연습 삼아 짚어주었다. 병원으로 가는 길에는 시시콜콜 간섭을 하던 엄마가 갑자기 말이 없어졌다. 창밖에 시선을 붙들어 매고 입도 떼지 않았다.

"겁이 나서 그런다." 한마디를 남기고 맥없이 차에서 내렸다. 축 처진 어깨 위로 손을 휘이휘이 저으며 어서 네 집으로 가라는 신호를 보냈다.

돌아보면 은행에서는 직원들을 너무 오래 붙들고 힘들게 하는 것 같아서 염치가 없었다. 병원에서도 먼저 와서 기다리던 사람들을 아랑곳하지 않고 자신의 일부터 처리하던 엄마가 부끄러웠다. 노인네의 몰지각으로 비춰질까 봐 창피했다. 그런데 아무 내색도 없던 엄마가 겁이 나서 그러는 거라고 했다.

금융기관을 사칭한 신종사기들이 판을 치니 행여 거기에 걸려들었을까 두려웠나 보다. 깐깐한 할머니 소리를 듣더라도 직접 가서 눈으로 보고 싶었던 게다. 병원 접수창구에서는 또 얼마나 당황스러웠을까. 얼마 전 치과치료에 결재를 했던 일을 까맣게 잊었으니 말이다. 게다가 컴퓨터 화면으로 설명하는 직원이 이유도 없이 무서웠을 것이다. 진료 시스템이 사람 응대보다는 정보처리 형식으로 바뀌고 있으니 당신이 따라가기에는 벅찼을 터이다. 더구나 성치 못한 아버지를 떠올리면 병원은 그것 자체로도 두려움의 대상이었을 것이기 때문이다.

그랬나 보다. 하루가 다르게 변화하는 세상에 발맞출 여력이 없는 엄마는 한가지만 보고 갈 수밖에 없었다. 은행 자동화 시스템 앞에서는 절로 멈칫하게 된다. 병원에서는 컴퓨터 화면만 보여주는 안내를 잘 알아들을 수 없을까 봐 숨이 가쁘다. 지나온 시간보다 너무 빠르고 복잡한 세상이 두려워서 그랬나 보다. 나도 멀미를 일으키는 현대의 빠른 변화속도 때문에 어지러운 날이 더러 있다. 윤기가 사그라진 손으로 병상의 아버지까지 지켜야 하는 당신은 오죽하겠는가.

예전에 엄마는 내가 다 컸다 싶었을 때에도 물가에 내놓은 아이 같다는 말을 하곤 했다. 요사이 혼자 바깥일 처리를 하러 다니는 엄마를 지켜보자니 자꾸 그 말이 떠오른다. 당신이 내 손을 꼭 잡고 든든하게 지켜주던 시절이 꿈결인 양 아득하다. 이제는 두려움을 숨기려고 표정이 굳어가는 당신을 위해 팔짱을 끼고 부축할 차례가 되었나 보다.

엄마 손만 잡으면 세상 모든 두려움이 사라졌던 것처럼 엄마가 내 손을 맘껏 가져가면 좋겠다. 우물쭈물하지 말고 덥석 잡아가면 더 좋겠다.

달항아리

　달이 보고 싶었다. 둥그스름한 몸체에 우윳빛이 감도는 품이 달을 닮았다. 하여 달항아리라는 별칭을 얻은 백자 항아리가 보고 싶었다. 벌써 이십여 년 전에 어렵사리 손에 넣은 간송미술관 도록을 꺼내 펼쳤다. 가장자리가 세월 탓에 누렇게 변했다. 책 먼지 냄새도 코를 간질인다. 백자도록의 중간쯤에 자리잡은 항아리 두 점이 보름달처럼 두둥실 떠있다.

　이 책은 발행 당시에는 사지 못하고 중고책방에서 간신히 구한 것이었다. 아직도 책자 속의 주인공을 실물로 대하지 못했다. 박물관에 가기만 하면 볼 수 있는 흔한 도자기인 줄 알았다. 그저 둥그런 형태에 아무런 장식이 없어 되는 대로 만든 항아리거니 생각했다. 조선백자의 미를 대표하는 잘생긴 항아리라는 설명을 들었지만 우리나라 미술품에 덧붙이는 자화자찬쯤으로 여겼다.

김환기 화백은 백자항아리를 곁에 두고 무척 아꼈다. 글을 쓰다가 막힐 때 손에 닿는 것을 한번 어루만지면 저절로 좋은 생각이 떠오른다는 고백을 읽은 적이 있었다. 행여 값비싼 백자를 가지는 못해도 생김새가 잘 드러나는 사진이라도 갖고 싶었다. 그것을 쓰다듬으며 분위기라도 흉내내고 싶은 치기어린 소망이 자리했기 때문이다.

무슨 바람이 불었는지 연유도 모를 조바심이 일어서 대구박물관을 찾았다. 현재 전시물에는 없을뿐더러 아예 소장품 목록에도 없었다. 국립중앙박물관도 겨우 한 점만 보관하고 있는 귀하디귀한 몸이었다.

놀랄 만한 자태를 자랑하는 것도 아니고 찬란한 그림으로 꾸며진 것도 아니다. 미술품이라고 말하기에는 너무도 순진한 형태이다. 항아리 몸체의 대칭도 맞지 않아 왼쪽 옆구리는 슬며시 들어가고 오른쪽은 불룩하다.

비록 사진으로 보았지만 가을 달빛이 어리는 흰색은 마음에 들어앉았다. 얼마 전에 교회 마당에서 본 엄마가 자연스레 연결되었다. 흰 모시 저고리에 물색치마를 입었다. 예배를 위해 정갈하게 차려입은 사람들 틈에서 장식도 문양도 없는 하얀 모시옷이 은은하니 도드라졌다.

같은 달이라도 우리 땅에서 바라보는 달빛과 미국이나 중국에서 쳐다보는 달빛은 이상하게도 달랐다. 그 땅의 산천이 본바탕을 새로 물들이고 그 속에서 살아가는 사람들이 또 다른 색을 입혀서 그런가 보다. 항아리의 흰색은 우리 하늘에 휘영청 떠오르는 그 빛깔 그대로 정감이 묻어난다.

어수룩하게 보이는 둥그런 형태를 빚으려면 숙련된 도공의 정교한 솜씨가 바탕이 되어야 한다고 들었다. 거의 오십 센티미터에 달하는 항아리를 만들기 위해서 허리를 중심으로 윗부분과 아랫부분으로 나누어 두 판을 물레질하여야 한다. 가운데에서 맞물리도록 이어붙인 다음 가마에서 달군다. 뜨거운 불기운 속에서 두 면이 만나 하나가 되는 과정을 거치기에 부정형의 원이 탄생한다. 대체 도공은 무슨 생각으로 무늬 하나 없는 흰색으로 둥그런 항아리를 만들었을까.

연적을 빚고 화병으로 공력을 쌓은 도공은 초가지붕 위에 뜬 달을 집안으로 들이고 싶었나 보다. 흙밖에 모르는 자식이 최고의 장인이 되기 바라는 어미는 달빛 아래 정화수를 떠놓고 정성을 드렸겠다. 하루도 빠짐없이 밤하늘을 우러러 두 손을 모으던 어미는 아들이 제 손으로 구운 보름달을 가지기도 전에 하늘나라의 달이 되어 버렸다. 도공은 어머니를 그리며 항아리를 빚어내기 시작했다. 온 산천을 헤맨 끝에 당신의 젖가슴을 닮은 백토를 손에 쥐었다. 포도 무늬 화병을 만들었고 복숭아 모양의 연적을 빚어낸 솜씨로 어머니 같은 항아리를 구웠다. 욕심 없는 둥근 달 모양이면 족했다. 당신이 즐겨 입으시던 흰 저고리도 입혔다. 최고의 기량으로 물이 오른 조선의 장인이 가슴에 새긴 어머니를 그리며 물레를 돌렸다. 그렇게 하얀 그리움이 어우러져 항아리로 다시 태어났는지 모를 일이다.

지중해의 태양이 서린 하얀색 대리석상은 얼음처럼 차갑게 빛난다. 손이 닿기도 전에 굳어 버릴 것 같다. 우리네 달빛이 감도는 항아리는 이 땅을 품어 한번 쓸어내리기만 해도 편안해지나 보다.

잡티가 늘어나는 얼굴을 가리려 애쓸수록 화장은 점점 짙어졌다. 두터워진 분칠 탓에 민낯빛이 창백해졌다. 초라한 차림새를 면해 보겠다고 장신구를 더해 보기도 했다. 반짝이는 악세사리 때문에 얼굴은 더 초라해졌다. 본질에 흔들림이 없을 때에는 바탕을 그대로 드러내기를 주저하지 않을 성싶다. 솜씨를 자랑하기보다 사람의 심성과 자연을 담아내는 깊은 울림이 한 수 위일 성싶다.

가벼운 장식성에 젖었던 나는 모르는 사이에 거부감을 일으키고 있었나 보다. 순정이 드러나는 단순한 아름다움이 가슴으로 들어오기 시작했다. 조선백자의 미를 대표하는 달항아리는 무심히 희고 둥그스름하다. 진정한 아름다움이란 요란하지도 거창하지도 않고 단순하게 드러나는 모양이다.

어느 때 인연이 닿아 박물관 전시실에 자리한 달항아리라도 볼 수 있을는지 모르겠다. 언제라도 전시 무대에 오른다는 소식이 들리면 새벽기차를 타고 가서 만나리라. 오래 기다린 연인을 대하듯이 그 앞에 서서 빈 마음이 가득 차도록 담아 오고 싶다. 그 후에는 때로 두 팔을 엮어 스스로를 어루만져 주겠다. 저절로 좋은 생각이 떠오를지도 모르겠다.

자장가 가수

　자장가는 노동요였다. 쏟아지는 졸음을 이기려고 뒤척이는 아기를 토닥여 주며 부르는 사랑 겨운 노래가 아니었다. 늦은 밤 숨이 멎을 듯이 울어대는 아기를 들쳐엎고 엉덩이를 두들겨 가며 부르던 억지 노래였다. 말이 통하기는커녕 목청만 돋우는 아기에게 짜증을 더해 불러주던 노래였다. 토막잠을 자다 깨다 하는 날이면 아무 일도 하지 못하고 어떻게든 재워보겠다고 부르던 한숨 섞인 노래였다. 엎었다가 다시 안았다가 팔이 저려서 더는 품에 둘 수 없을 때 작은 흔들의자에 태우고 발로 밀어 주었다. 새벽녘에도 잠 못 들고 빤히 처다볼 때면 멀미가 나도록 요동시켰다. 목소리는 갈라지고 더이상 노래가 안 나올 무렵이면 아기는 버티지 못하고 스르르 눈을 감았다. 역정이 나서 흔들어 대는 통에 어지러워 그리하였는지도 모르겠다.

　나를 재우던 자장가는 듣지 못했다. 위로 언니 오빠에 아래로 동생이 둘이나 있었으니 엄마는 내 차지가 될 틈이 없었다. 기억이 가물거리는 사이로 들리는 자장가라고는 늦둥이 막냇동생에게 불러주던 지친 읊조림 같은 것이었다. 자장 자장으로 시작해서 세상의 잠 잘 자는 온갖 아기들이 등장하는 자작곡이었다. 다섯 아이를 키우는 엄마가 잠시라도 눈을 붙이고 싶은 마음이 오죽했을까.

　나도 그랬다. 아기를 곤히 재우려는 마음보다 하루 종일 피곤했던 몸을 어서 쉬게 하고 싶은 바람이 더 간절했던 것 같다. 아기를 재우러 가서 엄마만 잠든다는 소리를 달고 살았으니 말이다. 겨우 이십 개월 남짓 터울이 지는 아들 녀석 둘을 키우자니 늘 수면 부족으로 정신이 몽롱한 상태였다. 아기가 자는 시간이라야 마음 편히 집안일도 할 겨를이 생겼다. 녀석들이 제일 사랑스러워 보일 때는 대낮이라도 이불속에서 새근거리는 숨소리를 들려 줄 때였다.

　중학교 음악시간이었던가 모차르트의 자장가를 배우며 꿈을 꾸었다. '여리게'로 시작하는 노래는 천상의 하모니처럼 아름다웠다. 선생님이 카세트테이프로 들려주던 빈 소년 합창단의 연주는 천사의 속삭임인 양 보드라웠다. 엄마는 왜 이렇게 곱디고운 곡조로 재워주지 않았는지 원망을 하게 만들었다. 나는 꼭 모차르트나 슈베르트의 자장가를 불러주는 어여쁜 엄마가 되겠다고 남몰래 다짐도 했었다.

오래전부터 내 노래는 자명종으로 쓰이고 있다. 아침에는 단잠을 깨우는 성가신 벨소리가 되고 아이들의 시험기간이면 졸음을 깨우는 듣기 싫은 모닝콜이 된다. 때로는 아이들을 품에 안고 흥얼거리던 따스함을 다시 느껴보고 싶어진다. 콧수염이 거뭇거뭇 돋아난 녀석에게 청을 넣어 본다. 둥개둥개 한번 하자고 어르듯 매달린다. 어리둥절한 표정을 짓더니 곧장 자기가 안아 주겠다고 너스레를 떤다.

남자들이 학교로 일터로 떠난 집은 싸움이 끝난 전쟁터이다. 널브러진 옷가지며 훑고 지나간 식탁이 파편처럼 어지럽다. 잔해를 수습하다가 라디오에서 흘러나오는 거친 노래 소리에 귀가 저절로 따라갔다. 나중에 다시 찾아보니 제주민요인데 자장가 '웡이자랑'이라고 했다. 가사는 또렷이 전달되지 않았지만 내가 불렀던 자장가 같다는 생각이 들어 웃음이 새어 나왔다. 투박한 목소리에 다정함과는 거리가 먼 투정이 담긴 노래다 싶었다. 아기가 말을 알아듣는다면 더 크게 울어 버릴지도 모를 만큼 가사는 꾸지람을 하고 있는 듯했다. 가락은 느렸다가 빨라졌다가 도저히 자장가라고 할 수 없을 지경이었다. 이 녀석아 어서 자거라 니 녀석이 자야지 밥도 하고 빨래도 할 것 아니야. 어서 잠들라고 위협하는 노랫말 같았다. 엄마도 나도 제주도 어멍들도 다 같은 심정으로 속내를 토했던가 보다. 듣기에 아름다워야 노래가 되던가. 힘든 자신들의 사정을 허공에다 털어 놓고 스스로를 위로하던 주문 같은 노래였던 게다.

시작과 끝의 경계도 없이 부르다 자다 하던 자장가는 이제 더는 부를 일이 없을 줄 알았다. 언제부터였는지 모르겠다. 남편이 자장가를 불러달라고 몇 번이나 머리를 가슴팍으로 밀어 넣었다. 한번쯤은 장난으로 그랬으려니 싶었다. 아이들이 밤늦게나 되어야 학교에서 돌아오다 보니 밤 시간이 여유롭게 느껴져 그런가 보다 하였다. 나중에는 얼토당토않다는 눈빛을 쏘았다. 어색한 미소를 짓는 그의 얼굴에서 서운한 기색을 읽어버렸다. 돌아앉아 텔레비전을 켜는 그를 아주 천천히 살펴보았다. 아릿한 뜨거움이 가슴에서 올라왔다. 빳빳하게 솟았던 어깨가 어느새 말캉하게 내려앉았다. 검게 반질거리던 머리칼이 희끗하게 탄력을 잃었다. 지친 내면이 푸석한 몸으로 드러나 안쓰럽게 다가왔다. 갑자기 조금 전까지 내가 알던 사람이 아닌 것 같았다. 패기만만했던 굳센 턱선이 언제 닳았던지 나긋하게 변한 모양으로 그제야 눈에 들어왔다. 좀처럼 바깥일을 내색하지 않던 그가 투덜거리는 소리를 시작했을 때 알아차렸더라면 좋았을 것을. 나도 위로가 필요하다는 말이 하고 싶었나 보다. 아이들이 없는 틈에 가장이라는 무게를 잠시라도 내려놓으려 했던가 보다.

　이제라도 그에게 제대로 된 자장가를 불러 주고 싶다. 단발머리 소녀를 환상으로 데려다 주었던 빈 소년합창단의 연주 소리가 다시 꿈틀거리며 심장을 뛰게 한다. 단순한 아름다움이 깃든 멜로디, 쓰다듬는 듯 포근한 울림, 사랑한다는 말보다 더 애정이 담긴 노랫말이 지금 막 음악실로 들어선 듯 생생하다. 아직 모차르트의 자장가를 불러보지 못했다. 머릿속에 그려지는 모습처럼 부르지는 못할 일이다. 우리가 만나 보낸 시간을 정성스레 엮어 또 다른 자작곡을 만들어 내도 상관없다. 토닥토닥 어깨를 두드려가며 서운했던 마음을 달래주고 싶다. 대문 밖 세상의 고달픔을 조금이라도 씻어줄 수 있다면 다시 목쉰 자장가 가수가 되어도 좋다. 기꺼이 한 사람을 위한 연주를 준비하려 한다.

독락당

이유 없이 가슴에 바람이 이는 날이 있다. 하루하루가 시들하여 발이 땅에 닿지 않는 것 같은 날이 있다. 그런 날에는 절집을 찾는다. 속세를 떠나 산과 하늘과 하나가 되어 자리 잡은 산사로 가 본다. 다리가 말을 듣지 않고 온몸이 땀에 젖을 때쯤 절집을 품은 산은 일주문을 내보인다. 몸은 삼가 게을리 하지 말고 마음은 덧없이 괴롭히지 말라고 일러준다.

세상살이에 욕심으로 지치는 날이 있다. 타인에게 휘둘려 내 뜻이 무엇인지도 알 수 없는 날이 있다. 그런 날이면 마음 문을 닫아 두고 풀리지 않는 속앓이만 해야 했다. 스스로를 가둔 욕기慾氣를 훌훌 털어버리기에는 고집스러움의 골이 끝도 없이 깊었기 때문이다.

삶의 가슴앓이가 심해질 때면 옛집을 찾는다. 나에게 고택을 찾아가는 일은 어진 주인을 만나러 가는 시간여행이다.

독락당 대청마루에 앉아 있다. "진리는 본디 사람의 마음에 있다."고 일러 준 선생의 철학을 좇아 그는 떠나고 자취마저 아스라한 집으로 찾아왔다. 오백여 년의 세월을 지고도 여전히 반들거리는 마루가 후손들의 정성스런 손길이 이어지고 있음을 증명하는 것 같다.

독락당은 안강의 자옥산 기슭에 자리잡은 회재 이언적 선생의 사랑채이다. 선생이 사간으로 있던 시절 아들을 중종의 사위로 들인 김안로에게 세자를 가르치는 일을 맡기자는 논의가 있었다. 이에 반대했다가 김안로의 미움을 사서 파직되었고, 이후 고향에 돌아와 지은 집이다. 회재는 독락당뿐 아니라 양동마을에 향단을 세워 독특한 건축세계를 펼친 것으로 알려져 있다. 독락당에서 주변 경관을 집 안으로 끌어들이는 탁월한 건축 능력을 보여주었다고 하여 찾아가는 발걸음에 기대를 더한다.

위엄 있는 다른 고택들과는 달리 눈에 잘 뜨이지 않는 키 작은 집이다. 후대에 새로 세웠다는 솟을대문만 어울리지 않게 홀로 높다. 대문을 들어서면 어디로 가야 할지 몰라 서성거리다 좁은 세 개의 입구를 발견한다. 왼쪽 문을 열고 들어가면 깊고 기다란 마당이 숨은 듯 놓여 있다. 좌우로 높낮이가 다른 두 채가 들어서 있다. 낮은 왼쪽은 하인들이 기거하던 숨방채이고 오른편은 안채이다. 여인들이 거처하는 안채를 잘 보호해 놓은 배치라 한다. 오른쪽의 두 입구 중 좁다란 골목은 계곡으로 연결된다. 그 옆으로 나있는 문을 열고 들어가면 비좁은 입구가 무색하게 제법 너른 마당이 펼쳐진다. 독락당 영역이다. 일단 내부로 들어오면 밖에서는 그리 낯설던 낮은 담장이며 좁은 문과 꺼진 듯한 집의 모양이 어색하지 않다. 높이로 근엄함을 더한 다른 양반가의 사랑채와는 달리 겨우 한 단을 쌓아 올린 건물이다. 그 때문인지 마당에서도 마루는 편안하게 눈 아래로 보인다. 보통 사대부가의 사랑채 댓돌이 하인의 조아린 머리 높이와 엇비슷하다는 것을 생각해 보면 비교가 될 듯싶다. 다른 건물들도 예외는 아니다. 뒤편 마당 구석에 자리잡은 양진암도, 아름다운 풍광으로 감탄을 자아내는 계정도 바닥에서 이어지듯 낮게 지은 건물이다. 독락당은 주인을 드러내는 공간이 아니라 자연 속에 담장만 두르고 자신을 내려놓은 삶터인 까닭이리라.

이곳에서는 독락당 마루에 앉아 고개를 들고 주변을 돌아보아야 제 맛일 듯하다. 파노라마처럼 펼쳐지는 산자락이 전부 이 집의 둘레처럼 황홀하게 다가온다. 흙돌담 사이로 내어둔 살창을 통해 자계천도 마음껏 보며 즐길 수 있다.

집은 거처하는 이의 내면이 오롯이 드러나는 마음자리이다. 잠시라도 머물고 싶은 곳은 고대광실 너른 터에 갖가지

귀한 살림살이로 채워진 건축물은 아닐 것이다. 무릎이 부딪힐 것 같은 방 안에 소박한 앉은뱅이 책상뿐이라도 사는 이의 고아한 향기가 풍겨난다면 발을 들여놓고 싶다.

신발을 벗어두고 마루에 오른다. "마음이 홀로 서야 이理가 생긴다."는 말씀을 떠올린다. 선생은 내게 조용히 일러준다. "마음의 소리에 귀를 기울여라. 참됨은 본시 사람의 마음속에 있다. 마음은 모든 가치를 만들어 내는 근본이다." 죽비를 내려치듯 엄중한 목소리가 폐부를 가른다.

마음의 울림보다는 세상의 속삭임에 몸이 먼저 따랐다. 어디에서 살아야, 무엇으로 키워야 내 아이들이 사회에서 인정받는 자리에 앉을 수 있을까를 골몰했다.

벌써 대여섯 해가 지났나 보다. 흘러간 시간만큼 아픈 기억은 희석되지 않고 더욱 또렷해진다. 남편은 다른 아버지들보다도 아들의 학교 문제에 예민했다. 자신이 운이 없는 탓에 내로라하는 중, 고등학교에 다니지 못했던 일을 자주 입에 올렸다. 남자들에게는 출신학교가 중요하다는 말을 곱씹어 가면서 말이다. 아이들만큼은 꼭 이름난 학교에 보내고 싶은 욕심으로 중학교를 바라볼 무렵부터 사방으로 수소문을 했다. 속으로 점찍어 둔 중학교를 위해서 급하게 이사를 갔다. 아비의 바람과는 달리 턱없이 외진 학교로 떨어졌다. 아이는 전교생 가운데 말 붙일 친구 하나 없이 외로운 중학 시절을 시작해야 했다. 누구 하나 저의 존재를 알지 못하는 암흑 같은 곳에서 외로워하던 아이의 속마음을 헤아릴 생각은 하지 못했다. 학교 이름 하나 가지게 해주려고, 아니 훗날 아이의 세상 연줄이 될지도 모른다고 믿으며 낯선 곳에 몰아넣었다. 아비는 허욕을 포기할 수 없었고 아이는 고등학교 생활도 예외 없이 혼자서 만들어 가야 했다. 자신의 의지로 택한 홀로서기가 아니라 내몰린 막막함을 감당하기에는 벅찬 나이였을 것이다. 아이는 힘들다는 항변을 침묵으로만 보여주었다. 그 침묵이 오랫동안 우리를 멀어지게 했다. 아이에게는 서러웠을 암묵의 시간을 마련해 준 공모자가 나라는 사실은 회피하고 싶었다.

명문학교의 졸업생이라는 자부심을 갖게 해 주려는 뜻보다는 세상살이에 보탬이 되는 인맥을 서둘러 안겨주고 싶었다고 자백해야겠다. 남편의 고집 때문이었다고 애써 모면하고 싶지만 뒤에서 손가락박수를 치며 동조했음은 부인할 길이 없다. 우리에게 집이란 가족이 오순도순 마음을 나누는 곳이 아니라 가축의 먹잇감을 쫓아 이리저리 옮겨 다니는 유목민의 가옥과 같은 곳이었다. 아이를 위한다는 미명 아래 이익이 될 만한 곳을 찾아다녔다. 돌아온 것은 아이에게 남긴 상처와 침묵이 몰고 온 거리감뿐이었다.

회재 선생이 자옥산자락에 독락당을 지은 뜻은 산중에 파묻혀 혼자만 즐기겠다는 뜻은 아니었을 것이다. 조선왕조의 정치적 이념이었던 성리학을 실천하려고 권세가의 횡행에 엎드리지 않고 당당히 자신의 의지를 지킨 분이었다. 혼자서도 괜찮다, 그러니 바른길을 가리라는 의미였으리라. 혼탁한 시류에 흔들리지 않고 마음이 가리키는 진리를 따라가고자 하였음이다. 불혹을 넘어 정세에 미혹되지 않았고 고향산천으로 내려와 지천명에 이르렀다.

독락당 마당에 서 있는 의연한 향나무를 바라본다. 회재의 후손들은 얼마 전까지도 선생의 손길로 자란 향나무를 긁어 제사의 향으로 썼다고 한다. 주인의 고결한 향취로 세월을 입은 나무의 몸뚱이를 떼어내어 향을 사르고 뜻을 기렸다. 나도 향나무 한 점을 얻어다가 마음의 소리가 들리지 않을 때 피워 올리고 싶다. 사람살이는 외물에 대한 관심보다 내면의 울림에 무게를 두라는 선생의 말씀이 향으로 피어올라 나의 체취로 배어들면 좋겠다.

독락당은 혼자 즐기는 집이 아니라 혼자되었어도 나를 지키며 누릴 수 있는 집이리라. 자신의 소신을 지키다 고향으로 밀려났어도 이글거리는 노여움을 삭히는 공간이 아니라 조용히 더 깊은 곳의 나를 바라보는 집이리라.

훈장처럼 상처를 안고 있는 향나무의 밑둥치를 어루만져 본다. 마당에 내려와 앉은 산마루를 선생과 함께 거닌다. 이

제는 작은 이익을 좇아 기웃거리지 말고 네 마음자리를 찾아
가라고 등을 떠민다.

능구렁이를 키우는 여자

한결같은 주문을 걸어본다. 제발 텅 빈 주차장에 내리게 해
달라고. 하늘이 도우신 게다. 인적이 드문 지하주차장에 자리
를 잡다니. 살금살금 내린 다음 사정없이 눈동자를 굴린다.
행여나 알아보는 사람이 있을세라 황급히 레이더망을 가동
시킨다. 차에서 얼른 비켜나 아무 일 없다는 듯 멀어진다.

이런 속사정을 알 리 없는 남편은 차 문 잠금장치를 반복하
여 누르고 경망스런 벨소리를 주차장 가득 울려 퍼지게 한다.
시멘트벽을 타고 메아리처럼 번져나가 나 여기 있소 외치는
것 같다. 저놈의 벨소리는 차만큼이나 가볍고 요란하게 진동
을 한다.

나는 능구렁이 한 마리를 아무도 몰래 키우고 있다. 함께
지낸 지가 오래 되어서 이제는 사육하는 것이 아니라 조종당

하는 것 같다. 구렁이 담 넘어가듯 잘도 꾸며대서 가끔은 진심이 무엇인지 나조차도 헷갈리는 때가 있다. 인격입네 하고 포장을 하려니 힘에 부칠 때도 더러 생긴다.

서너 해 전이던가, 남편은 퇴근을 하여 집에 들어오지는 않고 주차장으로 불러내었다. 앙증맞은 파란색 차 옆에 서서 자랑스러운 듯 미소를 짓고 있었다. 자부심 있는 사람들이 탄다는 차를 새로 샀다며 소개를 시켜 주었다.

붐비는 시장 한가운데에 일터가 있어서 늘 교행하기도 힘들고 주차도 신경이 쓰인다고 노래를 부르기는 했다. 겨우 출퇴근만 하는데 큰 차는 필요도 없다고 입버릇처럼 말해 왔다. 나도 그의 의견에 십분 동조를 한 적이 있기는 한 것 같다. 합리적인 생활이 어쩌고저쩌고 해가며 속에 없는 말을 덧붙인 기억도 떠올랐다.

그런 일이 있고 얼마 지나지 않아서 남편은 파란색 차 깜짝쇼를 보여주었다. 이미 벌어진 일이기도 하고 연기의 달인이기도 한 나는 들뜬 박수를 보냈다. 출근을 할 때도, 가끔 시내로 놀러 나갈 때도 주차에 부담이 없다며 좋아했다. 때로는 차로 평가를 당하는 경우도 있다고 언짢은 표정을 비춘 적이 있지만 편리한 점에 비하면 아무것도 아니라고 말했다.

그와 달리 나는 되도록 그 차를 타는 일을 만들고 싶지 않았다. 대중교통 이용이라는 얄팍한 핑계를 대가며 요리조리 빠져나갔다. 어쩌다 차 옆에서 아는 사람과 맞닥뜨리면 슬그머니 비켜나 딴청을 부렸다.

감춰 놓은 능구렁이 때문에 두려운 마음이 쭈그리고 숨어 있었다. 행여나 능구렁이 본색을 아이들이 알아차리면 어쩌나 따라 하지는 않을까 걱정이 들었다. 다행히도 아이들은 아직 엄마의 연기본색을 눈치채지 못했나 보다. 가슴에 담겨진 것보다 더 많이 가진 듯 내보이고 싶은 어미를 배우지 않아 천만다행이다.

내 속에 똬리를 틀고 머리를 넣었다 내밀었다 하는 녀석을 도려낼 수 있을까. 오래 묵어 제 집인 양 떠나지 않겠다고 고집을 부리면 어떻게 한다지. 그나마 희망 한 자락이 보인다. 언제나 중심을 잡고 능구렁이가 활개치지 못하도록 지켜보는 남편이 있기 때문이다. 그는 자신이 서 있어야 할 자리를 잊지 않으려 애쓴다. 흔들리며 가야 할 방향을 제시하는 나침반처럼 자기를 의심하고 돌아보는 일도 놓치지 않으려 노력한다.

그의 꽁무니라도 잡고 따라가 봐야겠다. 차곡차곡 쌓여서 아름다운 속내가 저절로 배어나올 때까지. 능구렁이가 더는 살 곳이 못된다고 제 스스로 물러날 때까지 투명한 마음 밭으로 일구어 봐야겠다.

선물

  엉덩이에 라이트를 치켜세운 차들의 행렬이 끝도 없이 이어진다. 주중에 가장 붐빈다는 금요일 퇴근시간이라는 것을 모르는 바 아니다. 약속시간이 빠듯한 탓에 유독 내 앞길만 더 늘어선 듯이 보인다. 사이드 미러 룸 미러를 바쁘게 곁눈질 하다가 조금이라도 빈틈이 생기면 차선을 갈아탄다. 일분일초라도 빨리 가고 싶은 욕심이 주위 차들의 행방에 온 신경을 모으게 한다. 안타깝게도 신호에 걸려서 대기를 하고 있자니 앞차의 꽁무니라도 붙잡고 따라가지 못한 일이 마지막 기차라도 놓친 기분이다. 파란불이 올 때까지 백 미터 달리기의 출발선에 대기하고 있는 올림픽 선수마냥 심박동이 숨가쁘다. 출발신호와 함께 불붙은 로켓처럼 튀어 오른다. 방해가 되는 다른 차들을 향해서 저들은 들을 수 없다는 것을 이용하여 온갖 비난을 퍼붓는다. 요리 빠지고 조리 빠져서 슬라이딩을 하듯이 가까스로 시간에 닿는다.

성악설에 관계된 강의가 있는 곳이다. 고난을 헤치고 당도한지라 보상 받으려는 심리가 작용한다. 좋은 좌석을 찾으려고 소리 없이 곁눈질한다. 훑어보다가 탐나는 자리를 발견한다. 앞에서 세 번째인데 무슨 연유로 띄엄띄엄 몇 명만이 앉아있다. 한눈에도 명당이다 싶다. 다들 자리를 잡은 터라 다리가 가슴팍에 닿을 듯 움츠려 앞자리로 간다. 여유가 있어 보이는 그 줄의 중간 정도가 적당하다 싶어 가장자리의 여자 분에게 비켜달라는 뜻으로 미안한 안색을 짓는다. 그 여인의 얼굴을 살핀다. 순간 후회가 엄습해온다. 그러면 그렇지 누구나 바라는 자리가 비어 있을 리 있었겠는가. 이마는 쑥 들어가고 볼 주위가 유난히 도드라져 보인다. 안면 장애가 있어 보인다. 때는 이미 늦었다 벌써 눈이 마주친 상태이고 그녀는 몸을 옆으로 틀어 공간을 내어준다. 돌이킬 수 없는 상황임을 직감하고 하는 수 없이 오른쪽으로 들어가 앉는다. 다행히 우편의 여유가 좀 더 있음을 감지하고 티가 나지 않도록 옆으로 당겨 앉는다. 물론 가방도 오른편 사람 곁으로 둔다.

다행히 식순은 시작되지 않았다. 주섬주섬 필기구를 꺼내 무릎에 둔다. 다시 아무도 눈치채지 못할 만큼 우측으로 엉덩이를 당긴다. 강사가 올라오기 전까지 소개 말씀이 진행된다.

그 틈을 놓치지 않고 눈을 굴려서 옆자리 여인네를 탐색한다. 차마 허리 위쪽까지는 레이더를 돌리지 못한다. 군데군데 표피가 벗겨진 검은색 구두에 오래전에 떨어져 눌러붙어 거무스름하게 된 고추장 국물이 보인다. 천천히 시선을 당기니 허벅지 전체에 때 자국이 반질반질하다. 가자미눈을 한 탓에 안구가 빡빡하게 조여 온다. 더 살펴보고 싶지만 눈 상태가 허락하지 않는다. 어쩌나 두 시간을 저런 사람 옆에서 견딜 자신이 없다. 이 자리에 갇힌 신세가 되었으니 마칠 때까지는 없는 인내심이라도 만들어내야 하는 자신을 한탄한다.

연사가 등장하고 박수소리가 요란하다. 간단한 인사말 뒤에 본론으로 이어진다. 코가 예민하게 반응한다. 어디서 동물원 코끼리 우리 냄새가 난다. 초등학교 시절 소풍으로 동물원에 갈 적이면 폐부 깊숙한 곳까지 침투해오던 바로 그 냄새다. 동물성 비린내 때문에 헛구역질을 했던 기억. 절대 즐거운 나들이가 될 수 없었던 그 곳을 지키던 고약한 내음. 몇 초 지나지 않아 악취의 진원지는 옆자리임을 간파한다. 어찌하여 저런 몸가짐으로 이런 자리에 왔단 말인가. 무슨 내용인지는 이해할 수 있을까. 어라 제법 책도 찾아보고 필기까지 한다. 점점 모호해진다. 차림새만 보면 이곳에는 도저히 어울릴 수 없는 인물이다. 무슨 꿍꿍이가 있는 것일까. 이제 강의는 뒷전으로 하고 이 여인 속으로 빠져든다. 사람들의 존경은 받지만 얼굴은 없는 도인일 것이다. 위장을 하고 이 자리에 나타나 편견 없이 자기를 바라보는 의인을 찾고 있다. 자신을 알아보는 이에게 그가 터득한 도 그리고 이제껏 쌓아온 재물을 주려는 의도를 숨기고 있다. 이 사람의 진면모를 찾아내는 밝은 눈을 가진 사람이 되리라. 그래도 후각을 마비시키는 정체불명의 지독한 냄새가 이성을 일깨운다. 정신 차려라.

어느새 옆자리 여인의 존재를 잊고 내 안으로 몰입한다. 과연 누구나 다 착하게 태어났을까. 성선설을 믿고 싶었다. 그래야만 이 세상이 그나마 살 만한 것 같았다. 티 없는 존재가 살아가면서 어쩔 수 없이 나쁜 것들을 배우고 행하게 된다고 굳게 믿었다. 허나 그 악은 어디서 왔다는 말인가. 태어날 때부터 불의란 몰랐던 인간 존재가 어떻게 해서는 안 되는 것들을 습득했다는 말인가. 그럴 수 없다. 악한 피조물로 출발한 것인가 보다. 본체 안에 미미했던 선이라는 부분이 가르침을 통하여 조금씩 커지는 모양이다. 더 좋은 것들로 채워 가면서 정의에 가까워지려 애쓰는 모습이 인간적인 자세일는지.

겉모습이 다르게 생겼다고 경계하고 초라한 모양새라고 몰래 비껴 앉는 내가 어찌 고운 심성을 가지고 세상으로 나왔다는 말인가. 다른 곳으로 옮기고 싶지만 혹여 비난이라도 받을까 봐 내색도 못하고 있으면서. 인격이 드러날까 봐 고개를 숙이고 눈동자만 분주히 돌리는 주제에 무슨 성선설을 운운

할 자격이라도 있을 것인가.

듣는 둥 마는 둥 하는 사이에 시간은 쏜살같이 지나갔다. 강단 위의 저 사람과 자리만 지킨 이 사람은 한 공간에서 낯선 의식을 공유했다. 저 여인네가 이 시간 숙제로 내게 온 모양이다. 이 무슨 원효대사 해골물 같은 이야기란 말인가. 순자의 성악설 공부 따위가 이런 이중적인 사람에게 무슨 쓸모라도 있을는지.

박수소리가 커지고 연단에만 켜져 있던 불이 강당 전체로 퍼진다. 다들 분주히 일어나 돌아가려는 채비를 차린다. 앞줄에 자리한 터라 사람들이 빠져나가기를 기다린다. 지켜보던 왼쪽 여인이 일어나 길을 터준다. 다시 눈이 마주치는 순간이다. 웃어 준다. 하얀 편에 속하는 안색이 맑아 보인다. 볼살이 유독 많은 편이지만 얼굴에는 이상이 없음에 틀림없다. 시작 전에는 보조조명만 밝혀 놓았던지라 안면에 그늘이 져서 그렇게 보였던가 보다. 남루한 옷차림이며 코를 잡고 싶은 충동을 일으키는 것은 변함이 없다. 하지만 이 여인 내게 웃고 있다. 나도 따라 웃는다. 갑자기 좋은 사람으로 변신한 기분이 든다. 미소 한번 받았을 뿐인데 가슴이 두둥실 떠오른다. 숙제로 왔던 그녀가 선물이 되어 돌아간다.

자식 바위

그곳의 바람만은 언제나처럼 상쾌했다. 일상의 공간에서 겨우 30분 남짓 달려왔을 뿐인데 풀내음이 폐부까지 씻어주었다. 마음 맞는 친구들과 어울려 팔공산을 자주 찾곤 한다. 오늘 아침은 답답한 마음에 불쑥 떠난 터라 동행을 구하지도 못하고 혼자 나섰다. 기도 행렬이 끝이지 않는 갓바위 길이라면 동반자 없는 산행도 두려울 것 같지 않았다. 앞서거니 뒤서거니 꼬리를 무는 이 등산로는 혼자서도 무리 속에 끼일 수 있으니 하나도 외톨이라는 느낌이 들지 않는다.

잠시만 더 참았을 일이다. 늑장을 부리며 갖은 투정을 쏟아 놓는 아들놈에게 인내심이 한계를 드러내며 폭발하고 말았다. 그 덕에 녀석은 아침도 한술 뜨지 못하고 눈물바람으로 현관을 나섰다. 지난밤에는 성적 걱정으로 아이가 숨 쉴 틈도 주지 않았던 후가 아니었던가. 터벅터벅 발걸음을 옮겨 놓아도 녀석의 울먹거림이 귓가에서 사라지지가 않는다.

"우리 엄마 맞아요?"

넓게 시작되었던 등산로가 점점 좁아지더니 이제는 두 사람이 몸을 틀어야 겨우 지나갈 수 있는 길이다. 제법 숨도 가빠지고 눌러쓴 모자 안의 머리카락도 축축해져 온다. 스테인리스로 된 철책이 오가는 손길에 닳아 반질반질하다. 가팔라진 경사만큼 계단은 높고 폭도 좁아져 발끝에 힘을 더 모아야 한다.

오늘의 등산은 계절을 따라 짙어진 나무들을 즐기거나 하늘을 바라볼 자격이 없다. 내 욕심에 아들 녀석을 몰아친 후회의 고행길이 되어야 한다. 물 한 모금을 마시며 쉴 여유도 용납해서는 안 된다. 그저 몸을 고달프게 만들자고 작정을 한다. 통감은 마비라도 된 듯 힘들다는 반응을 하지 않는다. 불현듯 엄마의 발자국을 쫓아 오르던 시절이 떠오른다.

엄마는 정성스레 먹빛 주머니 모양의 배낭에 쌀 봉지며 양초를 챙긴다. 내 이름도 잊지 않고 챙긴다. 미운 자식이 틀림없는 게다. 어여쁜 아들을 위한 기도 보따리에 끼여 따라 다녀야 하니 말이다. 오빠는 엄마의 자랑스럽고 빛나는 보석이다. 아줌마들 모임에 갈 때 옷차림 따위에는 신경 쓰지 않는다. 모두가 부러워하는 아들만 있으면 그만이다. 오빠의 대학

입시를 앞두고 두 손 모으러 갈 때 뒤꽁무니를 투덜거리며 따라다녔다. 나랏돈 받고 유학 가는 시험 준비를 할 때도 이 길을 따라 올랐다. 엄마에게 갓바위 부처님은 주문만 외면 소원을 들어주는 램프의 요정 '지니' 같은 분이다. 뒤따르는 딸아이를 한번 돌아보지도 않고 쉼 없이 오른다. 오직 한곳만 바라보아야 소원을 이루어 주신다고 믿는 모양이다. 등에 맨 배낭을 한번 내려놓지도 않고 불경을 외우는지 중얼거리며 다음 계단에 발을 올린다. 언제나 앞서 가는 사람을 따라 잡았고 추월은 허락되지 않았다. 그것마저도 경외로움의 표현인가 보다. 내가 조각상 앞에 설 무렵이면 어김없이 엄마는 가져간 제물과 함께 촛불을 켜고 절을 하고 있었다. 불만에 가득 차 뒤따르던 계단 길도 정상을 만날 때면 예외 없이 환희로 변한다. 기억상실증에라도 걸린 듯 불과 얼마 전까지의 불평 어린 마음은 사라지고 탁 트인 꼭대기에서의 해방감을 맞는다. 응어리진 가슴은 땀으로 옷에 젖어 하얀 소금기만 남기고 저 발아래 세상을 바라보며 그 순간만 기억에 새긴다. 엄마에게 높은 곳에 앉으신 분은 소원을 들어주는 분이었고, 어린 내게는 고통을 씻어주는 순간에 만나는 분이었다.

상점처럼 보이는 전각을 끼고 돌면 돌부처가 앉아 계신 곳이다. 벌써 발 디딜 틈 없이 기도 인파로 가득하다. 제법 넓은 기도처가 참배객으로 비좁아 보인다. 정상에 닿았다는 기뽐은 느껴지지 않는다. 더위 탓인지 시야가 뿌옇게 가려져 골짜기 아래 모습을 볼 수가 없기 때문이다. 아등바등 살아가는 우리의 둥지가 선명하게 보여야 성냥갑보다 작은 나를 확인할 수 있을 터인데 더위안개가 내 마음처럼 드리워져 있다. 육체를 힘들게 하면 걱정 따위는 옅어질 줄 알았는데 팍팍한 돌계단 길을 쉼 없이 올라왔어도 피곤은커녕 머릿속이 더 또렷해진다.

정성껏 빌면 한 가지 소원은 들어준다던 영험 많은 부처님, 그분이 엄마의 무릎에 감동을 하셨던지 기도마다 바람을 이루어 주셨다. 이제는 돌아와 부모님 옆에서 든든한 아들로 살아야 할 차례가 되었다. 그날을 기다리며 엄마는 그 힘들다는 갓바위 돌계단도 마다 않고 기꺼이 오르내리지 않았던가. 아들의 승승장구만을 바라셨을까. 당신 곁을 지키고 있어 주기를 꿈꾸기도 했을 터이다. 야속한 그분은 꼭 이루어주시리라 믿었던 마지막 기도는 외면하셨다. 당신의 하늘 같은 자랑이던 하나뿐인 아들은 남의 나라 아들이 되어버렸다. 팔공산 높이 앉으신 부처님께 빌어 일구어낸 아들놈은 하늘에 계신 아버지를 섬기겠노라 선언하였다. 그토록 많은 시간을 육신의 고통은 잊은 채 갓 쓰신 분에게 올라가 외아들의 금의환향을 빌고 또 빌지 않았던가. 그 녀석은 세상의 성공도 가벼이 여기고 하늘에 계신 분을 위해 헌신하겠노라 다짐해 버렸다.

이제 엄마는 갓바위에 오르지 않는다. 그분을 원망하여 그리하는 것은 아니다. 세월이 더이상 가파른 계단 길을 이겨낼 무릎을 내어주지 않을 따름이다.

점점 더 늘어나는 참배객들로 서 있을 공간도 여의치가 못하다. 한쪽 구석으로 가서 갓 쓴 부처님을 올려다본다. 몸을 가린 가사가 비바람에 깎여 입은 듯 안 입은 듯 희미하다. 벌써 천사백여 년이나 저 모습으로 앉아 계셨으니 그럴 만도 하다 싶다. 통일신라 때 의현대사가 어머니의 명복을 빌기 위해 만들었다고 한다. 사회적인 영광을 바라지도 못하는 불효를 저질렀으면서 모친의 명복을 바라는 불상을 세우다니 이 무슨 어불성설인가 싶다. 허나 머지않은 훗날에는 왕자도 스님이 되던 시절임에 비추어 보면 자랑할 만한 아드님이셨는지도 모르겠다.

부처님 말씀 가운데 한 구절이 생각난다.

"여자의 뼈는 남자의 뼈와 달리 검고 가벼우니라. 아들 딸 낳고 키움에 있어 한 번 아이를 낳을 때마다 서 말 서 되나 되는 엉긴 피를 흘리며 자식에게 여덟 섬 너 말이나 되는 흰 젖을 먹여야 한다. 그런 까닭으로 뼈가 검고 가벼우니라."

어찌 육신을 낳고 기르기가 힘겨워 뼈가 그리되었을까. 애간장을 태우며 키웠고 무릎이 닳도록 정성을 모은 증표가 아니겠는가.

일주일에 한 번 꼴로 이어지는 국제전화로 스스로를 위로하며 지내는 엄마가 예전보다 더 커 보인다. 내려놓아야 할 때 내려놓을 수 있는 용기가 자랑스럽기까지 하다. 기대보다 더 많이 포기해야 했던 심정을 헤아릴 수는 없을 것 같다. 나는 가장 가까이 인생길의 스승을 모시고도 그 걸음을 좇지 못하고 갓바위 앞에서도 길을 잃는다.

당신들을 위한 기도는 염두에 둔 적 없이 오로지 자식을 향한 마음으로 우러렀던 곳, 세월의 풍상에 시달려 엄마의 가슴마냥 초라해진 돋을새김 앞에 서서 피붙이들을 위해서라면 아까울 것 없는 세상의 어머니들을 만난다. 아낌없이 주지만 되돌아오는 것은 검어지고 푸석거리는 뼈밖에 없을지라도 지나온 날을 후회하지 않는 어머니들이 있다. 차가운 돌덩어리에 생명을 불어넣어 자식을 위한 기도 바위로 만드는 사람들, 그들은 세상을 지탱하는 어머니들인가 보다.

밥 같이 드실래요?

매일 아침 그를 만난다. 벌써 몇 년째 액자에 고이 모셔 둔 사진 속에서 그는 나를 보며 웃고 있다. 아직 찡그리거나 비뚤어진 표정은 보여준 적이 없다. 언제 봐도 두근두근 기분이 좋아지는 얼굴이다. 미소만 지을 뿐 한 마디 건네는 일은 절대 일어나지 않을 것이다. 처음에는 사진을 보기만 해도 가슴이 뛰었다. 차츰 말을 걸어 보고 싶은 욕심이 일어난다. 안다. 십 대 소녀도 아니면서 터무니없는 망상 속에서 헤매는 중인 것을.

그는 청춘스타 박유천이다. 아이돌 그룹 가수로 귀여운 모습을 보여 줄 때부터 심금을 울리는 연기자로 성장하기까지 그를 보며 텔레비전 앞에서 열광했다. 내가 그의 나이일 적에는 한 번도 연예인에게 관심을 가진 일이 없었는데 어쩌자고 뒤늦게 이러는지 알 수 없는 일이다.

　우리는 산을 오른다. 누가 먼저랄 것도 없이 일주일에 한 번씩 꼭대기로 가자는데 입을 모았다. 미현 언니, 선희, 그리고 나 이렇게 세 아줌마다. 처음부터 서로가 씩씩한 사람이라 알아차렸다. 그래서인가 첫 등반부터 눈을 만났다. 팔공산 동봉을 오르기로 미리 약속한 터라 날씨 때문에 다음에 가자는 말은 아무도 하지 않았다.

　등산로 입구에서 산신제를 지내는 소방대원들을 만났다. 눈이 쌓인 가운데 산불이 나지 않기를 기원하는 소방대원들이 엉뚱한 조합처럼 보였다. 하지만 그들은 내심 산신제의 효험으로 눈이 벌써 내린 것이라고 흡족해하고 있었는지도 모르겠다. 등산객이 뜸해서인지 생각보다 준비된 제물이 많아서인지 김이 설설 피어오르는 팥 시루떡을 쥐어 주었다. 우리도 덩달아 여기서 기원을 하면 이룰 수 있을 터인가 기대를 불러일으켰다.

　눈길을 오를 장비도 갖추지 않은 채 정해둔 날이라는 이유로 무작정 정상을 향했다. 등산로 초입부에서는 질척거리던 길은 오르면 오를수록 차가운 공기 탓에 얼어붙었다. 덕분에 단단한 바닥에 덮인 눈은 폭신한 쿠션처럼 나풀거렸다. 코는 빨개지고 입김은 찬 공기를 만나 눈썹에서 서리로 맺혔다. 누구도 춥다고 투덜거리거나 미끈거리는 바닥 때문에 다리가 더 팍팍해진다고 울상을 하지 않았다. 끝도 없을 것처럼 맑은 하늘은 투명하게 얼어 있었고 금세라도 쨍그랑 소리가 날듯이 팽팽해 보였다. 서로를 격려하며 끌어주고 밀어주던 우리도 날선 긴장감을 늦추지 않았다.

언제나 정상이 다가오면 덩치 큰 바위가 나타나고 두 발로는 감당하기 어려운 순간이 온다. 바위에 달라붙어 스파이더맨 흉내라도 내야 한다. 끈끈이 줄을 발사할 수는 없는 처지이지만 조심해서 올라오라는 언니의 걱정 어린 마음이 한 줄이 되고 선희의 엉덩이를 받쳐야 한다는 의무감이 다른 한 줄이 되어 지탱했다.

드디어 정상에 올라섰다. 눈바람에도 의연하게 흰옷으로 성장을 한 나무들이 우리를 맞았다. 아이젠 하나 없이, 방수장갑 한 켤레 없이 꼭대기에 섰다. 약속 하나 믿고 서로를 의지하며 오른 것이었다. 잠시의 환호도 겹겹이 밀려오는 찬바람에 굳어 버렸다. 벅찬 마음도 눈꽃의 아름다움도 칼바람 앞에서는 단숨에 꼬리를 감추었다. 그제야 배가 고팠다. 배낭 속에는 산신제의 기운이 서려 있는 떡과 아침 반찬을 쓸어 담아 온 도시락이 있었다. 허나 꼭대기의 눈바람을 견디기에는 우리들의 몸뚱이가 너무 축축해졌다. 속까지 젖어서 금방 얼어 버릴 것 같았다. 케이블카라도 타고 얼른 내려갈까? 어림없는 소리다. 우리는 대한민국 아줌마들이다. 호락호락 케이

블카에 돈을 바칠 수는 없는 일이다. 내려가는 길은 눈썰매를 타듯 미끄러져 가자. 따뜻하게 볕이 드는 곳을 골라 도시락을 먹으면 팔다리도 녹아들 것이고 밥값도 굳어지게 된다. 갑자기 없던 힘이 솟았다.

하산 길은 즐거웠다. 이제는 먹는 일만 남았다는 생각이 발걸음을 가볍게 했다. 등산로에서 살짝 비켜난 곳에 자리를 잡았다. 각자의 배낭에서 먹을거리를 서둘러 꺼내 놓았다. 변변한 반찬이 어디 있었으랴 마는 아직 온기가 남아있는 도시락 속의 밥이면 충분했다. 뜨뜨미지근해졌지만 아줌마 커피도 있었다. 굳어지기 시작했으나 아직은 산신제의 기운이 서린 팥 시루떡이 체온을 데워주었다.

산을 내려오는 사이 젖었던 옷이 대충은 말랐다. 움츠렸던 몸이 온기가 남아 있던 음식을 들고 나니 조금 펴지는 듯했다. 헐벗은 나무들 사이에 물기 가신 바위 위로 올라가 앉았다. "나 이제 마흔하고도 반이 지났어. 아들 녀석 재수를 하면서 생각이 많이 바뀌었어. 내 일을 해야겠어." 가져간 휴대용 방석을 깔아놓고 묻어 두었던 이야기가 풀어졌다. 미현언니는 아들이 대학만 가면 다 잘될 것이라 믿었는데 아이가 낙방을 했던 것이다. 그 일로 남편과 다투는 일이 많아졌고 아들은 아버지가 무서워 피해 다녔다. 재수학원도 등록하지 않고 방에만 틀어박혔다. 남편 눈치 보랴 아들이 혹시나 다른 마음을 먹지 않을까 졸인 가슴이 재가 되어 허허로웠다고 털어놓았다. 공부를 잘한다고 내심 자랑스러워했던 아들이었다. 언니의 남편은 주위의 다른 아이들과 비교를 하며 언니와 아들에게 대입 실패에 이은 두 번째 상처를 안겨주었다. 정작 아들의 마음이 가장 아팠을 것이라며 글썽이는 언니를 따라 우리도 눈가를 훔쳤다. 서로를 할퀴고 외면하며 보낸 시간이 가족 모두에게 삶을 돌아보는 기회가 되었다고 했다. 말로는 자식 인생과 자신의 인생은 별개라고 하지만 직접 마주하면 떼어낼 수 없는 일이 되는가 보다. 언니도 아들과 자신을 분리하는 연습시간을 보낸 것이다.

“어려운 아이들을 돕는 일을 해보고 싶어.” 뜻밖이었다. 요리사 자격증까지 있는 언니이기에 출장 요리 사업을 하려는 게 아닐까 하는 생각을 했던 터였다.

“부족한 공부도 도와주고 엄마가 없는 시간을 채워주고 싶어.” 언니라면 잘해낼 것이다. 먹이는 거 좋아하고 알뜰살뜰 챙겨주는 사람이 아니던가. “복지센터에서 자원봉사부터 해보려고.” 생각만 하고 있었던 게 아니라 계획까지 세워두고 있었던 셈이었다.

“언니 나도 요양원 맡아야 할까 봐요.” 선희도 다른 일을 준비 중이었다고 했다. 아이들 교육비 때문에 요양보호사라도 해야겠다는 말은 들은 적이 있었다. 하지만 원장이라니.

벌써 사이버대학에서 사회복지학과를 이수했다고 털어놓았다. 친구에 대한 배신이다 싶었다. 나 몰래 했다는 사실이 잠시 서운하기도 했다. 요양보호사 아르바이트하랴 강의 들으랴 참 바쁘기도 했겠다. 기특한 녀석이다. 힘든 내색 하나 않고 잘도 이루어냈겠다. 선희는 남편과 남편의 지인이 정부의 지원을 받는 작은 장애인 요양원을 설립했었다. 사람 좋기만 한 남편이 자세한 내막을 모른 채 돈만 내놓았는데 이제와 보니 재정 상태며 장애인 관리가 엉망이 되었다고 했다. 지금은 운영이 너무 어렵게 되어 선희가 나서야 할 것 같다는 말이었다. "그래 매사에 긍정적이고 지칠 줄 모르는 니가 한다면 잘할 수 있을 거야." 우리는 진심으로 응원했다.

"미영아 너도 더 나이 들면 힘들어 지금이라도 뭐든 시작해 봐."

"언니 걱정 마세요. 저는 박유천이랑 밥 먹을 거예요."

"무슨 소리야?"

그랬다. 얼토당토않은 대답이었지만 간절한 소망이 담긴 말이었다. 오래전부터 그는 내 마음속의 연인이었다. 커다란 사진을 구해놓고 나무액자에 붙였다. 행여나 남편이 경쟁상대도 안 되는 그에게 질투라도 느낄까 봐 아들 방에 모셔두었다. 서너 장의 사진이 있었기에 계절에 따라 다른 옷으로 갈아입히기도 하고 표정이며 자세도 바꾸어 준다. 그래도 미소만은 언제라도 달콤하다. 게다가 나와 눈도 마주치고 환하게 웃는다.

"난 박유천과 밥 먹는 사람이 될 거야. 돈 많이 내고 식사권을 사야 먹을 수 있는 것이 아니라 내가 밥 먹자고 하면 기쁘게 달려 나오는 사람이 될 거라고." 불혹이 넘도록 볼 발그레해지는 소녀 취향의 아줌마는 아니다. 요즘 유행한다는 이모 팬들의 행태를 따라 하고 싶은 것도 아니다. 그를 쫓아다니고 그의 콘서트에 목을 매는 열성팬도 아니다.

그는 내게 설렘이다. 현실을 이겨내게 해주는 꿈이다. 현실을 잠시라도 잊게 하는 환상이다. 그는 내게서 멀리 떨어져 있는 사람이다. 과자봉지를 끌어안고 텔레비전을 보다가 배 위에 과자 부스러기가 떨어진다. 점심 무렵이 다 되어 가도록 거울 한번 보지 않고 쑥대머리로 스스로를 방치한다. 그러다 문득 그의 모습이 비치면 나는 비로소 깨어난다. 당장 내일이 될지도 모르는 그와의 만남을 상상하며 다시 자신을 추스른다. 쪼그라든 주머니 사정으로 십여 년간 계속해 왔던 운동을 그만두었다. 거울 앞에 배만 동그란 D자 몸매 아줌마가 서 있다. 안될 일이다. 그와 만날 사람이 이 모양이 되어서는 안 된다. 그는 말도 없이 몸매 관리에 나서라고 눈짓한다.

"언니 저 수필 창작반에 등록했어요."

"잘했다. 잘했어."

내 안에 창작의 에너지가 숨어 있을 줄은 몰랐다. 갖가지 종류의 읽을거리를 좋아했지만 창작은 무슨 창작이란 말인가. 나도 몰랐던 욕구가 웅크리고 있었다. 글쓰기를 시작하면 늦은 밤이 지나 새벽이 와도 피곤이 느껴지지 않았다. 더 꺼내 놓고 싶어서 쓰다 보면 어느새 손가락이 아팠다. 늘 손보다 마음과 머리가 앞서 달리고 있었다.

우리는 일주일에 한 번씩 가지는 산행을 행복하게 이어갔다. 용기를 내어 태백산 눈꽃 축제에도 다녀오고 지리산 둘레길도 순례했다. 대구 안에 있는 크고 작은 산들을 누비고 다녔다. 언니네 복지센터의 말썽꾸러기 아이들 얘기도 들었다. 선희는 엉뚱하지만 귀여운 요양원 식구들의 사연도 들려주었다. 늦게 시작한 일들이 순항하지는 못했다. 시행착오는 늘 일어나는 법이 아니었나. 언니는 복지센터의 불합리한 일들을 견디지 못하겠다고 토로했다. 동생과 직접 운영하는 방법을 찾아보겠다고 결심한 듯 보였다. 선희는 요양원이 지인과 연루된 행정적인 문제로 소송에 휘말렸다.

뜨거운 여름날도 어김없이 내리쬐는 태양을 머리에 이었다. 황사바람에도 마스크와 색안경으로 무장하고 산을 오르던 우리였다. 서로의 뒤늦은 꿈 앞에서는 산행을 접어야 했다. 산모임으로 만나지 못하는 우리가 서운하지는 않았다. 인생의 반환점을 돌아 온 아줌마들의 새로운 꿈을 향해 가는 과정이 험난함을 당연하게 받아들였기 때문이다. 앞만 바라보 았던 어린 시절의 열정보다는 차분히 하나씩 풀어나가는 연 륜의 시기이다. 당장 눈에 보이는 성과가 없더라도 노여워하 지 않는다. 지난날의 절망 어린 경험들이 지혜로 녹아들었기 때문이다.

이태 만이던가. 가을이 다 가기 전에 즐겨가던 산자락 무인 카페에서 서로의 소식을 나누었다. 오가는 등산객을 위해 간 이 천막 속에 따뜻한 물과 일회용 차들을 준비해 둔 곳이다. 물품을 이용하고 성의껏 비용을 두고 가면 된다. 우리는 무인 카페라고 불렀다. 함께한 날들에 비하면 만나지 못한 시간이 길지 않았음에도 그들은 많이 달라져 있었다. 미현 언니는 동 생과 방과 후 교실을 열어 잘 운영하고 있었다. 선희는 아직 어려움이 남았지만 요양원 원장으로 책임을 짊어지었다. 그 친구의 성품으로 미루어 보자면 얼마나 섬기며 지낼지 안 봐 도 선명하게 그려진다. 언니도 새로 만난 아이들이 예쁘다고 침이 마른다. 모르긴 해도 집에서 음식을 날라 가며 가르치고 있을 것이다.

나는 여전히 액자 속 박유천의 격려를 받으며 자판을 두들 겨 대고 있다. 가끔은 혼자 먹는 점심에 그를 초대한다. 앞자 리에 액자를 올려두고 밥을 먹는다. 아침상에서 물러나온 반 찬과 식어빠진 국물이 식탁을 채운다. 내일은 달라질 것이다.

초라한 밥상이지만 그가 옆자리를 지키고 있으니 넘치는 밥상이다. 납작하게 웃고 있는 그이지만 내 눈에는 살아 움직인다. "힘내요."라고 속삭인다. 괜찮다. 저리 웃으며 보아주니 무슨 일이라도 해낼 수 있을 것 같다. 인생에 의심이 없다는 나이를 견디어 가고 있지 않은가. 가슴속에 두근거림이 없어져 가는 중년의 틀에서도 여전히 설레고 있으니 걱정 없다.

몇 해 전 일본의 할머니 시인이 첫 시집을 출간하고 세상을 놀라게 했다. 그의 반도 안 되는 내 나이가 새로운 것에 도전하기에 너무 많다고 여기지 않는다. 그와 밥 먹는 꿈은 까만 밤 꿈속이 아니라 실제로 이루어지리라. 가슴 떨림은 시간을 정해두고 오지 않는다. 꿈마저 청춘과 함께 사라지지는 않는다고 믿고 있다.

내 마음을 돌려 세우지 않는 한 그는 내게서 멀어지지 않을 것이다. 설렘을 품고 있다면 희망은 계속되리라 믿는다. 청춘의 한가운데 서있는 그에게 우리가 했던 이야기를 들려주며 만찬을 즐기는 상상을 한다. 꿈에서만 이뤄지던 일들이 마주 앉은 밥상에서 실현되리라 상상을 한다. 나는 혼잣말을 한다. 내일은 달라질 거야.

질량보존의 법칙

중학교 과학 실험실에 혼자 갇혀 지냈나 보다. 친구들은 오래전에 하나둘씩 빠져나가 버렸다. 출구를 모르는 낯선 방에 갇힌 것처럼 덩그러니 지키고 있었다.

삼삼오오 조를 맞추어 실험도구를 챙겼다. 과학자가 될 것도 아닌데 화학법칙은 배워서 무엇에 쓰느냐고 쑤군거렸다. 선생님은 전 우주에서 유효하다며 질량보존의 법칙 설명에 열을 올렸다. 어떤 물질과 물질이 반응한다고 해서 그 물질의 질량들이 사라지는 게 아니라 그대로 존재한다는 화학반응의 기초를 알려주었다.

시험을 한 번만 치고 나면 다시는 되새길 일이 없을 줄 알았다. 이제 와서 주위를 환기시키며 심어주던 말씀이 공염불이 아니었음을 깨닫는다.

내 주변은 언제나 친구들이 에워싸고 있었다. 철없이 교복 깃을 세웠던 그때에도, 불확실한 미래로 방황하던 캠퍼스 시절에도 늘 몇 무리의 친구들이 옆을 지켜주었다. 단발머리를 팔락이던 때 점심시간이면 내 책상 위에 서너 개의 도시락이 먼저 자리를 잡고 기다렸다. 하굣길 버스 정류장에서는 손을 흔들어 배웅해 주던 미소들이 소실점이 되어 사라질 때까지 이어졌다. 대학 강의실에서도 옆자리에 미리 가방을 올려두고 내가 도착하기를 기다려 연신 고개를 두리번거리던 친구들 얼굴이 어른거린다. 뭘 먹을까 머리를 맞대고 식당 메뉴판을 올려보며 점심거리를 골라주던 동아리패들의 다정한 목소리도 귓전에 선하다.

적극적으로 관계의 틀 안에서 반응을 일으키는 성질은 아니었다. 섞어주는 대로 관심의 연기를 피워 올리고 우정이라는 향기도 내뿜었다. 친구 사이에 누가 이익이고 손해인가를 따질 일은 아니지만 늘 덕을 보는 쪽이었다. 연중 만원이었던 도서관에 자리를 잡기란 만만한 일이 아니었다. 새벽같이 학교에 나와 공부하면서 느지막이 강의 시간에야 등교하는 나를 위해 자리를 맡아 주는 친구들이었다. 주위 눈총이 따가웠을 텐데도 살뜰히 챙겨주었다. 정성들여 도시락을 싸와서 점심시간을 소풍으로 만들었던 다른 얼굴도 있었다.

눈앞에 드러나는 행동으로 친구 사이를 증명해 본 적은 없었다. 많은 말이 없어도 정이 전해지고 함께 시간을 보내고 싶으면 소중한 사이라고 여겼다. 마음을 맡아 주는 사람이 친구라고 믿었다. 맹물처럼 밍밍하기만 한 사람을 친구의 목록에서 지워버리기도 했으련만 그들은 서운하다 내치지 않고 꽁꽁 붙어 있었다.

대학 졸업 무렵부터 옆자리가 비어가기 시작했다. 처음에는 허전함을 느끼지 못했다. 마음만 굳게 붙잡고 있으면 물리적인 거리는 문제가 되지 않으리라 자만했다. 미국, 영국 그리고 내가 사는 도시는 접촉이 이루어지기엔 너무 멀었다. 친구 사이의 반응이 일어나지 않는 상황은 예상보다 허전했다. 기억 속의 그들은 여전히 도서관에 머물렀지만 현재의 나는 어린 아들과 씨름 중이었다. 실제 거리보다 점점 더 멀어졌다. 그럴수록 다시는 누구와도 그 시절 나누었던 돈독한 정만큼은 내지 못할 것 같아 두려웠다.

멀어지는 우리 사이를 떠올리면 영영 사랑 빚을 갚을 길이 없을까 봐 애가 탔다. 빚진 자의 부담감 때문에 또 마음 빚을 지게 될까 봐 새로운 인간관계에서 늘 주저했다.

친구가 삶의 앞자리에서 밀려난 지도 한참 되었다. 너무 오래 중학교 실험실에 나를 가두고 지낸 것은 아닐까 하는 생각이 그제야 들었다. 그들이 내게 베풀어 우정이라는 반응물을 만들어냈지만 그것으로 끝을 삼아서는 안 된다는 판단을 한참이 지나서야 하게 되었다. 결과물만 살피고 실험보고서를 쓴다면 잘못된 공부로 남을 일이었다.

우리들의 우정이 다시 이어지지 못한다 해도 친구들과 본래 나눈 사랑의 질량은 온전한 것이어야 맞다. 이국땅에서도 그들은 예전에 자신들이 했던 대로 퍼주는 관계를 계속 엮어 갈 것이다. 나도 오래전에 그들에게 배웠던 방식으로 내 주위를 알뜰살뜰 섬긴다면 멀리 있는 그들도 기뻐할 일이 틀림없다.

질량보존의 법칙을 발견한 라부아지에 그는 과학자였지만 인생의 법칙을 터득한 철학자였던가 싶다. 한 분야에서 지극한 정성을 쏟으면 생의 원리를 터득할 수 있다고 알려주는 장자 양생주養生主의 백정처럼 말이다. 오랜 세월 소를 잡는 일에 몸을 바친 백정은 능란한 기술이 아니라 자연의 이치에 따라 칼을 놀려야 함을 깨달았다고 했다. 실험기구 속에 파묻혀 살다 떠난 그도 삶을 양생하는 방법을 알고 있었나 보다. 전 우주에서 적용된다는 화학법칙을 설명하던 선생님의 말씀이 새삼 쩌렁쩌렁 울린다.

삶이라는 실험실 안에서 행해지는 사람과 사람 사이의 반응은 인연이라는 물질을 낳았으리라. 아무리 많은 새로운 관계를 만들어 낸다 해도 언제나 처음의 질량은 변하지 않을 터이니 다시 만나는 인연도 첫정처럼 도타울 것이다. 나도 세상살이의 이치가 과학이나 철학으로 구분된 길이 아님을 터득하는 중인가? 이제라도 좁은 실험실에서 빠져나와 너른 관계 속으로 들어가 봐야겠다. 과학 선생님이 보신다면 기뻐하시겠다.

동대구발 서울행

손에 든 휴대전화의 액정이 얼룩덜룩하다. 전화기에 저장시켜 둔 기차표와 자리번호가 맞는지 거듭 확인을 한다. 행여나 승무원이 잘못 앉았다고 찾아오면 어쩌나, 처음 보는 승객이 자기가 자리 주인이니 비켜 달라고 새치름한 얼굴로 내려보면 어떻게 하지, 몇 번씩이나 앉은 자리에서 들썩거렸다.

갓 초등학생 티를 벗을 무렵이었나 보다. 엄마가 동생들을 데리고 외가에 다녀오라며 고속버스를 태워주었을 때 두려움과 설렘이 뒤엉켜 엉덩이를 의자에 제대로 붙여 보지 못했었다. 버스가 터미널에 들어서고 저 멀리 외삼촌의 모습이 보일 때까지 쿵쾅거리는 가슴을 주저앉힐 길이 없었다. 내 아이들도 그 나이를 훨씬 넘긴 지금에 와서 책임을 져야 할 동행이 있는 것도 아닌데 안절부절하는 꼴이 차마 안쓰럽다.

친구를 만나려고 혼자서 서울행 기차를 타는 일은 꽤나 오랜만이다. 잠시 책장을 넘기다 보면 도착할 터이고 종착역이라 졸다가 내려야 할 역을 놓칠 걱정도 없다. 그럼에도 떨칠 수 없는 불안감에 짓눌려 김천이 지나도록 책은 눈에 들어오지 않아 넘기다 말다를 반복한다. 지금이라도 친구에게 전화를 걸어 마중을 나와 달라고 해볼까. 수첩 속에 빼곡히 들어앉은 그의 일정을 모르는 바가 아니다. 밀려드는 일감 때문에 밤샘을 밥먹듯이 하는 그이다. 며칠씩 번역을 하느라 밤을 밝히다가 아침이면 또 통역일로 하루 종일 서서 버티는 친구에게 고작 서울길이 두렵다는 핑계로 번거로움을 안겨서는 안 된다. 행여나 싶어 약속 시간에 넉넉하도록 기차표도 준비하지 않았던가. 거미줄처럼 촘촘한 서울의 지하철이라도 색깔만 따라가면 그의 연구실까지는 찾아갈 수 있을 것이다. 어리바리한 시골뜨기 아줌마의 행색을 피하려고 휴대전화에 지하철 앱도 깔아두었으니 걱정없다. 괜찮다는 주문을 되뇌어보지만 초조함은 어쩔 수 없이 태연한 척하는 가장을 뚫고 올라온다.

나고 자란 구역을 크게 벗어나지 못했다. 결혼 후에도 주변 도시를 맴돌다가 다시 제자리로 돌아왔다. 늘 익숙한 장소에서 어제도 만났던 이들과 접촉한다. 대학시절에 타고 다니던 시내버스는 번호판만 바꾸어 단 채로 같은 노선을 다니며 태왔다가 내려주기를 반복한다. 사는 동네마저 예전의 그곳과 몇 정거장 떨어져 있지 않다. 버스를 기다리고 서 있을 때면 친구가 탄 버스가 영점이 되어 사라질 때까지 정류장에서 붙박이처럼 서서 손을 흔들던 내가 옆에 다가와 있는 것 같다.

학교 수업을 마치고 둘이서 걷다 보면 어느새 시내 한복판에 닿아 있었다. 다시 이야기 속에 빠져서 시간의 흐름을 잊을 때쯤이면 우리집 앞에 도착해 있곤 했다. 사 년을 옆에서 떨어져 지낸 날이 없을 만큼 부대끼며 지냈지만 그와 나는 정류장과 버스만큼이나 달랐다. 졸업장을 받은 후 그는 서울로 꿈을 좇아 떠났고 나는 움찔거리다 말고 제자리에서 인생의 다음 장을 펼쳤다. 그가 이따금씩 친정집으로 내려오면 함께 지난날의 추억을 되짚는다. 다리가 아픈 줄도 모르고 걸었던 길을 차로 돌아본다. 비싸서 군침만 흘리던 돈가스를 맘껏 사먹을 수 있게 된 작은 변화가 생겼지만 학교 앞 식당을 찾아 밥을 먹고 조금 떨어진 곳에서 차를 마시고 아직도 그 자리에 문패가 걸려있는 그의 친정집 앞에서 오래도록 자리를 뜨지 못한다. 추억 순례의 끝은 언제나 눈물바람이다. 내 눈 앞이 흐려지는 까닭은 옆에 꼭 붙여 두고 싶은 친구를 저의 자리로 보내야 하는 안타까움이다. 이제는 꿈꿀 수조차 없는 사회적 위치를 제 것으로 만든 친구 앞에서 아직도 초라해지는 연유도 숨어 있다. 그의 눈물은 나의 것과는 다른 성분으로 이루어져 있을 것이다. 아늑한 고향으로 와서 잠시 머물고는 금세 떠나야 하는 처지가 만드는 방울방울이다. 목표는 성취했지만 팍팍한 현실 때문에 남들보다 빨리 탈을 내는 제 몸을 추스르기가 힘이 든 까닭이다. 나는 그를 마주할 때면 희망사항이었던 일을 멋지게 해내고 있는 모습이 아득하여 올려다보았다. 그는 나를 만날 때마다 편안한 장소에서 안락하게 사는 것 같은지 부러운 눈길을 보냈다.

기차는 눈앞의 사물은 지워버리고 원경만 남겨 둔 채로 휙휙 달린다. 대전역에서 잠시 머물렀다. 생명이 없는 물체도 떠나기가 아쉬운 것은 마찬가지인지 살며시 버티는가 싶더니 이내 서울을 향해 속도를 더한다. 예외 없이 그가 고향 같은 나를 찾아왔었다. 쌓였던 일감을 다 처리한 뒤에 허전함이 밀려오거나 몸이 견디지 못할 지경이 되어 휴식이 필요할 때 친정집으로 내려와 위로를 청했다. 그는 경력이 쌓이고 능력을 인정받을수록 두통에 시달리고 허리통증으로 힘겨워했다. 과중한 업무 탓인지 얼굴에도 일찍 세월이 스며들었다. 너무 바쁜 엄마를 두었다고 피붙이들이 아우성이라는 말도 잊지 않았다. 그는 입버릇처럼 집에서 아이들과 남편을 챙기는 너는 좋은 팔자라는 소리를 했다. 나는 병원으로 가는 길에 동행을 하고 만날 때마다 초췌한 얼굴을 마주하고도 여전히 그를 부러워했다. 아무리 발버둥친다 한들 가질 수 없는 사회적 위치에 올라선 그가 너무 높은 곳에 있는 것 같아 목이 저절로 뻐근해 왔다.

서울 도착을 알리는 안내방송이 왕왕거린다. 기차의 문이 열리고 쏟아지듯이 내린다. 달음박질치듯 걸어 무리에 섞인다. 무의식적으로 가장 빠른 속도로 따라붙어서 뒤처지지 않으려고 안간힘을 쓴다. 대도시 사람들의 걸음 속도가 중소도시의 발걸음보다 빠르다는 통계를 본 적이 있지만 몸으로 부딪혀보니 차이가 확연하게 느껴진다. 무심결에 휩쓸려가다가 서울역 건물은 어떻게 바뀌었는지 하나도 살피지 못했다. 더듬더듬 표지판을 찾아 지하도로 내려간다.

이 분주한 도시를 동경하던 시절은 벌써 스무 해 하고도 몇 년이 더 되었다. 마치 세상의 중심이라도 되는 양 이 한가운데에 서기를 갈망했다. 오래전에 거두어들였어야 할 욕망의 찌꺼기를 아직도 안고 있는 내가 측은하다. 친구를 만나러 서울행을 택하지 않은 것은 그럴싸한 명패가 놓여있는 책상을 보기가 껄끄러웠던 게다. 부럽다고 말했지만 시샘도 버티고 있었던 게다. 따라갈 수 없을 만큼 멀어져 버렸는데도 여태 발을 동동 굴렸던 게다. 시간은 흐르고 세상은 움직이는데 내 의식은 아직도 대학생 시절의 정류장에 머물러 있었다. 그와 나의 형편이 달라진 지가 한참이나 지났는데도 말이다.

무서운 속도로 걸어가는 이들 틈에서 뒤처지지 않으려고

기를 쓴다. 함께 무리를 만들었던 사람들이 하나둘 앞을 질러 간다. 어느새 그들은 뒷모습으로 저만치 달려간다. 용을 써 보지만 따라잡기에는 역부족이다. 이 도시의 속도에 멀미가 날 것 같다. 땅 속의 밀도에 차츰 몸이 조여드는 것 같다. 여 태 미련스레 마음에 두었던 이곳은 너무 빠르고 팍팍하여 이 내 지치게 만든다. 억지로 따라 뛰어야 할 이유가 없는 사실 을 그제야 알아차린다.

약속 시간은 아직 한참이나 남았다. 평소의 걸음걸이로 걸 어 본다. 턱까지 차올랐던 호흡이 편안해진다. 이제는 정류장 처럼 살아도 노여워하지 않겠다는 생각이 든다. 빠르게 달려 가는 세상에 나 하나쯤은 기다리고 있어도 괜찮겠다 싶다. 미 련이 남아 놓지 않으려 하거나 가지 말라고 붙잡는 곳이 아니 라 떠났다가도 언제고 다시 돌아오고 싶은 그런 곳 말이다. 그의 연구실로 찾아가는 마음이 갑자기 가벼워진다.

자장면

자장면

　귀퉁이가 떨어져 나간 식탁 상판이 행주질에 견디다 못해 군데군데 허연 속살을 드러냈다. 갈색 플라스틱 물컵 두 개를 옆에 두고 자장면을 먹는 젊은 남녀, 아마도 그들은 오래된 연인이리라. 기다란 면발을 입심으로 끌어당겨 앞니로 뚝 끊어 먹자면 익숙한 사이가 아니고서야 쉽지 않은 일일 게다. 게다가 끈적끈적한 검은 갈색의 소스는 어디로 튈지 모른다. 행여 후루룩거리며 먹는 모습이 사나울세라 싹둑싹둑 잘라서 먹는다면 자장면의 제 맛을 느끼기는 그른 일이다. 특별히 입맛이 까다로운 몇몇을 제외한다면 어른 아이 할 것 없이 좋아하는 음식으로 손꼽을 듯하다.

　철 지난 노래의 가사 중에 '어머니는 자장면이 싫다고 하셨어.'라는 구절이 있다. 어려운 주머니 사정이지만 아들이 좋

아하는 것을 먹이려고 한 그릇만 시킨 어머니가 하는 말이었
다. 돈이 없어서가 아니라 싫어서라고 핑계를 대는 장면이 애
처로웠다. 노래 속의 자장면에는 철이 든 아들의 눈물이 어려
있다. 어머니가 곁을 떠나고 나서야 모정을 알아차린 회한이
어렸다.

내게 자장면은 자동으로 아버지를 연상시킨다. 아버지와의
외식은 으레 중국 음식점이었다. 졸업식에도 갔었고 생일에
도 빼놓지 않았다. 특별한 날에는 꽤나 이름난 곳에서 요리도
시켜주었지만 정작 당신은 그것이면 충분했다. 중풍으로 오
래 병원생활을 하고 나서 처음으로 지팡이에 의지해 들렀던
곳도 단골 자장면 집이었다. 얼마 전 어버이날에도 어김없이
그곳으로 향했다.

아버지는 왜 자장면이 좋아요? 글쎄 말이다. 그저 그 말뿐
이었다. 하는 수 없이 엄마가 거들었다. 늘 바빠서 시간이 돈
이었던 젊은 시절엔 후딱 해치울 수가 있어서 먹었지 뭐. 금
세 배가 꺼지는 국수보다 기름기가 있어서 든든하기도 했고.
거친 음식만 먹다가 술술 넘어가는 달콤한 맛이 자꾸 생각났
을 거고. 그래도 올망졸망한 어린 것들이 젤로 좋아해서 그렇
지. 몇 젓가락 뜨지도 않고 옛 생각에 잠겼는지 헛젓가락질만
했다.

어린 시절 아버지가 우리들을 이끌고 중국집에 데리고 갔

던 것처럼 이제 아버지의 성한 왼쪽 손을 잡고 자장면을 먹으러 간다. 가위로 자르고 포크를 얹어 드려야 겨우 후루룩 넘긴다. 나는 짬뽕을 앞에 두고 아버지의 자장면을 탐을 내어 몇 젓가락만 달라고 한다. 끈적끈적하니 달다. 아버지 같다.

휴일이면 아침부터 저녁까지 먹을거리를 내놓으라는 남자들의 성화에 숨이 차다. 아침 설거지를 마치기도 전에 점심 메뉴를 고민하는 아들 녀석들의 행태는 이미 당연한 일이 되었다. 점심은 자장면으로 먹자고 하는 날이면 환호라도 지르고 싶다. 전화로 주문을 넣자마자 대문 앞에 대령하는 신속배달에 감탄이 절로 난다.

자장면 곱빼기를 시키고도 엄마의 짬뽕에 눈독을 들이는 녀석들이다. 제 몫을 꿀꺽하고는 습관적으로 내 그릇에 젓가락을 담근다. 국물이 쑥쑥 줄어들고 면발이 몇 가닥밖에 남지 않아도 내 입 꼬리는 올라간다. 녀석들이 선심을 쓰듯 한술씩 건네주는 자장면은 달짝지근하다. 양은 적어도 꿀맛이다.

남편과 처음 만나던 날 자장면을 먹으러 갔다고 친구들에게 보고를 했더니 다들 기겁을 했다. 말도 안 되는 일을 저질렀다고 고개를 절레절레 흔들었다. 약속 장소 바로 옆에 소문난 집이 있어서 갔을 뿐인데 죄라도 지은 것처럼 질색을 했다. 서로에게 도무지 이해 못할 일이었다. 처음부터 검정소스를 묻혀가며 먹은 덕분인지 서로를 탐색하는 긴장감은 느껴보지 못했다. 오래 알고 지낸 사이처럼 스스럼없이 가까워졌다. 그가 그릇을 받아들고 반가운 표정을 비치는 모습에서 아버지를 보았는지도 모르겠다. 망설임 없이 휘저어 먹는 자연스러움이 서로를 편안하게 만들었나 보다. 가끔은 눈에 자장면이 발려서 저지른 결혼이라고 투정도 해보지만 여전히 그 맛이 좋은 걸 숨길 수 없다. 서로 심기가 불편하다가도 텔레비전에서 중국집 장면이 나오면 둘은 입맛을 쩍쩍 다시고 얼굴을 마주친다.

달짝지근한 소스를 버무린 면발 한 그릇이 아버지의 고단했던 일상에 윤활유가 되었음을 알았다. 선 자리에서 배를 채워가며 식솔들을 거느렸던 당신이다. 질리고 물리기도 했으련만 어린것들이 얼굴에 칠갑을 해가며 먹는 모습이 더 기억에 박혔나 보다. 흔한 것을 아끼는 사람이 있을 싶다. 사랑이 지겨운 사람도 드물게다. 흔하디 흔한 자장면에 사랑을 비벼준 아버지다. 그 물리지 않는 달큰함을 알아차렸는지 중국집에서 인연을 찾았다. 자꾸 먹어도 그리운 아버지가 가르쳐준 맛이다. 가닥가닥 떨어졌던 면발이 소스에 버무려져 서로에게 달라붙은 듯 어우러진 맛이다. 나도 이런 잊을 수 없는 달큰한 엄마가 될 수 있을까. 그리되면 좋겠다.

행복은 말이야

늦은 밤에 걸려오는 전화 한 통이야

벨이 울리고 반가운 너의 이름이 휴대전화의 액정에 새겨져. 일 년에 겨우 한두 번 통화라도 하고 지낼까. 이제 너의 우선 순위에서 밀려나 맨 끝자리에 선다 해도 상관없어. 우리는 지금 우리의 아이와 같은 나이에 친구로 인연을 맺어 여기까지 왔어. 하루도 빠짐없이 만나던 날들을 묻어 두었지. 함께 여행을 떠나 며칠씩 밤을 지새우던 시간도 기억 속에 저장해 두었으니 조금씩 꺼내 쓰면 돼. 동틀 녘에 학교 도서관에 손을 잡고 들어가서 온종일 붙어 다녔지. 이다음에 결혼을 해서도 한동네에 살자고 손가락을 걸었던 것 같은데…. 이역만리 떨어져 볼 수 없는 형편도 아니면서 얼굴 한번 보는 일이 무에 그리 어려운지.

너는 누구나 원하는 번듯한 직함을 가졌지. 나는 남편과 아이들을 뒷바라지하는 보통 아줌마이고. 우리는 만날 때마다 서로를 부러워하지. 각자에게 없는 것을 앞다퉈 불평하고 상대방이 가진 것은 치켜세우지.

전화 속 네 목소리는 금방이라도 지쳐서 쓰러질 것 같았어. 밥벌이가 힘겹다고 흐느꼈지. 딸아이가 학교에서 따돌림을 받다가 끝내는 견디지 못하고 밀려났다고 목놓아 울기 시작했어. 나도 아무 말 못하고 따라 울기만 해. 시간이 지나면 괜찮을 거라는 부질없는 말만 반복할 수밖에 없어. 너는 해결책을 얻으려고 전화를 걸지 않았을 거야. 나도 때로 사는 일이 힘에 부치면 네 생각이 나. 너라면 앞뒤 가리지 않고 쏟아 내도 다 들어 줄 테니까. 답도 없는 넋두리를 주고받다 보면 눈물 속에서 자꾸 웃음이 새어나와.

너는 치료제를 만났고 나는 회복약을 찾은 거야. 몇 번이나 잘 지내라고 다짐을 하고 아쉬움에 전화를 끊어. 염려가 남아 마음이 무겁기도 하지만 어느새 미소가 번져. 너도 틀림없이 웃고 있을 거야. 예고 없이 한밤중에 걸려오는 전화에 가슴이 따뜻해지고 행복의 잔물결이 일어. 목소리만 들어도 위안이 되는 사람이 있어서 다행이야. 옆에 있다는 상상만으로도 행복해져서.

잊혀 지지 않는 기억이야

잊을 수 없는 한 순간이 있어. 그때를 떠올리면 자동으로 미소가 번져가. 아직은 꽃샘추위의 기운이 남아있던 날이었지. 등에 멘 가방이 아이의 머리 위로 들썩거렸어. 두 팔을 허공에 대고 흔드는 꼬맹이가 보였어. 치아를 하얗게 드러내고 힘차게 웃는 네가 나를 향해 달려와. 초등학교 일 학년이었지. 백점이라고 커다랗게 흘려 쓴 빨간 글씨도 펄럭거렸어. 백점짜리 시험지 한 장을 흔들며 너는 개나리 흐드러진 담을 따라 달려왔어. 길거리가 쩌렁쩌렁 울리도록 "엄마" 하고 불렀지.

처음으로 시험을 치고 빨간 동그라미가 가득 찬 시험지를 건네받는 순간 제일 먼저 엄마가 생각난 거야. 우쭐해진 자신의 말을 다 들어 줄 사람은 바로 엄마였으니까. 엄마 손을 잡고 집으로 돌아오는 동안 쉬지 않고 종알거렸지.

사춘기를 지나면서 점점 말수가 줄어들었지. 방에 틀어박히는 시간도 길어졌고. 성장통을 나눠 가지고 싶었지만 너는 혼자 감당하려고 했어. 이따금 너를 마중할 때면 활짝 웃는 얼굴도 심드렁한 표정도 친구들에게는 거리낌이 없었지. 기쁜 순간도 고민을 나눌 시간도 함께 하고픈 사람은 친구들이 되었지.

서운하기는 했어. 하지만 괜찮아. 모두 다 커가는 과정이고 거쳐야 할 순서이니까. 네가 멀어져 가고 그래서 허전해지면 시험지를 펄럭이며 뛰어오던 날을 되새겨 봐. "엄마는 몰라요." 하고 돌아서면 동네가 떠나가도록 "엄마"를 외치던 그때를 펼쳐 봐. 포근한 기억의 조각이 행복을 가져다 줘. 너는 멀어지는 것이 아니라 나이에 어울리게 커가는 중이겠지. 너는 아무도 뺏어가지 못하는 행복한 순간을 선물한 거야.

긴 고통을 잊게 하는 순간이야

아버지가 중풍을 앓은 지 어느새 십 년이 되었어. 겪어보지 않고는 도저히 상상할 수 없는 고통이야. 병을 앓는 당사자는 물론이고 돌보는 식구들도 정말 못할 노릇이거든. 육신을 뜻대로 움직일 수 없는 것보다 정신이 자신의 의지와 상관없이 심술을 부리는 경우가 더 견디기 어려워. 원인 모를 화가 솟구쳐서 참지 못하고 소리를 지르고 옆에 있는 사람을 괴롭힐 때에는 살아있음이 정말 축복인가 의심이 들기도 해. 아버지는 어디론가 떠나고 악마가 아버지의 몸을 빌려서 온 것 같아.

엄마는 십 년을 하루같이 아버지의 수족이 되어 살아왔어. 휠체어에 전신을 맡길 수밖에 없는 처지에서 극성스레 운동을 시키고 물리치료를 받게 했지. 유별난 아내 덕에 도움 손이 있으면 운신할 만큼 회복이 되었어. 장애를 가진 몸이 된 아버지나 자유롭게 나다닐 수 있으면서도 남편 옆에 묶인 신세가 된 엄마 중에 누가 더 가여운 인생일까.

당신이 투병 생활을 하는 동안 건강하던 친구들이 먼저 하늘나라로 가는 일도 있었지. 아직도 불쑥불쑥 평소에 건강을 챙기지 않았던 아버지를 원망하기도 해. 노부부가 손을 꼭 잡고 산책을 하는 모습은 보기만 해도 눈물이 고여. 하지만 이내 불평을 거둬들이고 우리 곁에 머무는 아버지가 있어서 행복하다고 하지.

과일상점 앞을 지나면 홍시가 제일 먼저 눈에 들어와. 불편한 숟가락질로 조심스레 홍시를 떠먹는 모습이 그려져서 가슴이 아려와. 원망했던 세월은 한순간에 녹아내리고 이내 달려가 손을 잡을 수 있음에 감사하고 행복에 겨워하지.

행복은 말이야 혼자 있어도 벅찬 가슴이야. 보여 줄 사람이 없다고 아쉬워하지 않아. 오래 지날수록 더 빛이 나는 순간들이야. 한철 뜨거웠다가 금세 잊히는 유행에 민감한 상품이 아니야. 뻔한 이야기라고 코웃음 칠거야? 행복만큼은 새로운 이론을 찾으려고 하지 마. 헛수고일 거야. 잠시 물질이 가져다 주는 편리함과 안락함에 착각도 하겠지만 결국 알게 될 거야. 마음이 울리지 않으면 소용없다는 걸. 나는 가슴의 소리를 소중히 여기며 매일 조금씩 더 행복해질 거야.

다시 순정만화를 펼치다

웃는다. 희고 가지런한 치아를 드러내며 웃고 있다. 미소만 보아도 가슴이 콩닥거린다. 이차원 평면 위에 그려진 납작한 만화 주인공일 뿐인데 눈으로 두근거린다. 그애는 함박웃음을 보여준다. 시무룩한 표정은 배운 적이 없는지 언제나 입꼬리가 올라가고 눈은 가늘게 접혀있다. 볼륨 조작 버튼이 없는 종이 위에서 크고 높은 소리로 시원하게 퍼지는 웃음소리가 들린다. 선으로만 이루어진 그애의 사랑스런 미소와 달콤한 목소리가 어느새 살아나 내게로 다가온다.

웃고 있다. 콧잔등 위에 기름이 번들거리며 늘어진 볼살이 씰룩거린다. 거실의자를 침대마냥 점령하고 종잇장처럼 구겨져 있다. 눈빛만 살아 움직인다. 또 무슨 일일까. 그가 의미

있는 시선 처리를 할 때에는 분명 요구사항이 뒤를 따라온다. 왼쪽 입술에 힘이 실린다. 방향지시등마냥 한쪽을 가리킨다. 푹신한 의자에 몸을 파묻고 한참을 발가락도 꼼짝하지 않는다. 푹 꺼져있던 몸이 되살아나 리모컨으로 주파수를 맞추듯이 나를 부른다.

그애는 분명 넉넉한 집 아들이 아니다. 학교에서 내로라하는 우등생도 아니다. 아무도 관심을 가지지 않는 앞자리 아이에게 먼저 말을 붙이는 상냥한 아이이다. 친구들 사이에서 누구나 어울리고 싶어하는 기분 좋은 남자아이다. 쉬는 시간이면 옆반에서도 찾아와 손짓을 한다. 어깨동무로 늘어서서 방과 후에는 농구나 한판하자고 와자지껄 떠든다. 허리가 꺾어져라 뒤로 젖혔다가 배를 움켜잡기도 하며 웃는다. 그애 주변은 환하게 빛이 나고 꽃무리가 후둑후둑 떨어진다.

그는 빠듯한 살림을 꾸리는 집 장남이다. 학교 다닐 때 공부 좀 했다고 아직도 어깨에 힘이 들어가 뻣뻣하다. 퇴근 무렵이면 휴대전화가 부르르 몸부림을 친다. 할 일 없이 집에만 죽치고 있지 말라고 꼬드긴다. 건강을 위해 테니스나 한번 치자고 귀를 간지럽힌다. 자신이 빠지면 게임이 안 되는 줄 알고 거절하는 일 없이 습관처럼 승낙을 한다. 두어 시간의 운동 후에 술자리가 질펀하게 이어진다. 그의 옆자리는 어느새 흐느적거리는 동료들로 채워진다. 술과 안주로 시킨 찌개 냄새가 전신에 제 살처럼 달라붙는다.

그애가 동공 너머의 시신경이 다 드러날 듯이 맑은 눈으로 쳐다본다. 그리고는 너는 잘할 수 있다고 다독여 준다. 겁먹지 말고 속마음을 친구들에게 솔직하게 털어놓으라고 일러 준다. 듣고 있던 앞자리 아이의 눈에는 눈물이 그렁그렁 맺힌다. 수줍은 탓에 외톨박이로 지내온 터였다. 아이는 그애의 한 마디에 용기를 얻어 변해보겠다며 주먹을 움켜쥔다. 아이에게 그애는 또래 세상으로 통하는 출구가 된다.

그는 갈색 눈동자의 색채가 흰자위로 번져 갔는지 흐릿한 눈으로 낮은 경고를 날린다. 귀에 못이 박히도록 일러주었건만 늘 똑같은 실수를 반복하느냐고 아내에게 깊은 한숨을 몰아쉰다. 아내는 숫자에 밝지 못해서 돈을 챙기는 일에는 번번이 착오가 생긴다. 잘해야지 다짐을 하지만 한 번씩 문제가 벌어지는 통에 주눅이 드는가 보다. 맨 처음 실수를 질타로 쏘아부친 일이 앙금으로 남아 은행 근처에만 가도 숨이 막혀 버린다고 그에게 토로한다.

그도 언젠가 순정만화의 주인공으로 비춰지던 시절이 있었다. 첫만남의 들뜬 감정이 사그라지지 않았을 무렵이었나 보다. 벚꽃 잎이 아른거리던 날이었다. 트렁크도 없는 작은 차의 뒷자리에 금방이라도 문짝이 벌어지도록 짐을 한가득 싣고 나타났다. 조수석으로 나를 안내하고 나서 우물쭈물 거렸다. 한참 후에 결심이 선 듯 오래된 기타를 집어 들었다. 악기를 제대로 안을 수도 없는 운전석에서 허리를 접듯이 구부려 줄을 튕겼다. 로망스였다. 가늘고 긴 손가락이 떨렸다. 긴장감 탓에 첫음을 찾지 못하고 허둥거렸다. 어색함을 이기려고 연주를 이어가던 장면에서는 차창 안으로 쏟아지는 햇빛이 무대 위의 스포트라이트처럼 그만을 비추고 있다고 생각했다. 떨리는 속내를 들키지 않으려는 듯 끝까지 고개를 숙인 채로 손가락은 현 위를 오르내렸다.　클래식 기타의 나일론 줄이 땀에 미끄러져 적막을 이루던 순간이었다. 0.1초도 못 되는 사이 눈이 마주쳤다 떨어졌다. 몸이 저절로 움츠러들었다. 그는 황급히 시선을 피했다. 행여나 민망할새라 반대편 차창 밖으로 고개를 돌렸다. 때마침 하나둘씩 떨어지던 벚꽃 잎이 꽃무리가 되어 내 가슴으로 물결쳐 들어왔다. 감정이 엉기는 찰나 시간은 사라지고 온 우주 공간에 두 사람만 두둥실 떠다니는 순정만화의 한 장면 속으로 들어갔다.
　사랑은 세월의 때를 탄다. 점점 두꺼워져서 감각이 무디어진다. 걷다가 무심결에 스치던 손길에도 얼어붙던 심장이 입맞춤에도 정상의 박동수를 유지한다. 깔깔한 아침을 위장으로 집어넣고 출근을 해야 가족을 먹여 살린다. 툴툴거리는 아이들을 보살피고 시댁 대소사를 잘 챙겨야 집안이 평온해진다. 각자의 역할을 수행하면서 하루를 채워 왔다. 서로에게 전화를 하려고 얼굴만 그려보아도 손끝이 떨리던 시절은 그저 지나간 페이지가 되어 버렸다. 시누이를 처음 만나던 날 설핏 우리 사이보다 더 가까운 것처럼 보여서 질투로 눈물이 핑 돌던 때는 빛이 바래고 낡아빠져 반쯤 찢겨나간 장면으로 남았다.

순정을 사전에서 찾아보면 순수한 감정이나 애정이라고 가르쳐 준다. 감정이나 애정에서는 그나마 고개를 끄덕일 수 있지만 순수라는 단어 앞에서는 자신이 사라진다. 순수한 감정은 현실 앞에 패배한 지 오래된 것 같다. 따뜻한 포옹보다는 손에 쥐어주는 선물이 미소를 짓게 만들었다. 기념일에 전해주던 꽃다발의 향기에 더 이상 취하지 않는다. 다음부터는 쓸데없이 수고하지 말고 봉투로 마음을 보여 달라는 통보를 한지가 오래되었다.

그가 긴장한 탓에 손끝에 맺히는 땀을 참으면서 로망스를 들려주었을 때 나는 로망스에 빠져들었다. 긴 손가락이 가늘게 떨리는 모습에 둘 곳 없이 어색한 내 손도 따라서 떨렸다.

비좁은 차안에서의 어설픈 연주에 마음이 녹아내렸다. 어느새 칠이 벗겨지고 줄감게도 떨어져 나간 기타가 천덕꾸러기 신세가 되어 처박혔다. 몇 번의 이사를 거치는 동안 홀대 속에 견디다 못해 울림통도 탈이 나서 소리를 제대로 내지 못했다

몇 해 전인가 다시 연주를 하고 싶어졌는지 반질반질한 새 기타를 사들고 왔었다. 며칠 끙끙대는가 싶더니 이내 팽개쳐 버렸다. 한참 후에야 새로 산 기타를 돌보지 않는 이유를 찾았다. 예전처럼 황홀한 눈으로 귀를 기울여 주는 사람이 곁에 없었기 때문이다.

반짝거리는 눈망울에 두 손을 가슴팍에 모아올린 순정만화의 주인공들이 새삼 어른거린다. 답답하리만큼 첫만남, 처음 감정에서 벗어나지 못하는 남녀들이 등장한다. 한번 품은 마음을 여간해서는 바꾸지 않는다. 한번 받은 친절을 아로 새기고 변함없이 상대방에게 충실하다. 더 바라는 것도 없이 서로만 바라본다.

이제는 내 안에서 화석화된 순정을 되살려 보고 싶다는 신호를 보내는 것인지. 세상에는 없을 것 같은 깨끗한 사랑을 나누는 이야기에 때묻은 손이 다시 슬금슬금 다가간다. 구겨진 페이지를 펼치며 잊었던 옛 기억을 퍼 올릴 작정을 해본다. 한 번 더 그를 향해 스포트라이트가 쏟아지기를 바라는 주문을 외운다.

달빛 벚꽃놀이

바람이 분다. 봄은 이제껏 바람과 더불어 왔나 보다. 급작스레 펌프질을 해서 부풀린 풍선처럼 어느 순간 물이 올랐나 싶다가도 언제 그랬냐는 듯 후드득 떨어져 버린다. 바람이 꽃망울을 터뜨리게도 하고 꽃잎을 떨어뜨리게도 하는 것 같다.

여느 봄처럼 온종일 바람소리가 났다. 이중으로 창문을 달아 놓아도 왱왱거리며 요란스레 존재를 떠벌린다. 겨우 어제 피기 시작한 벚꽃들은 목숨이 제대로 붙어 있을까. 심술궂은 봄바람을 며칠 버티지 못하고 길바닥에 나뒹구는 신세가 되지는 않았는지…. 다 늦은 저녁때가 되어서야 괜스레 그 녀석들의 안부가 궁금해졌다. 벚꽃들에게 밤 인사라도 전해 볼까 하여 달빛에도 나섰다.

별도 드문 도시의 밤하늘에 동그란 달이 은은한 빛을 뿌렸다. 까만 하늘에 분홍색을 맡겨버린 것인지 벚꽃은 하얀 꽃잎으로 변해 나풀거린다. 반짝이는 이파리 아래로 꽃받침의 색이 배어 나와 더듬이처럼 치켜진 꽃술이 보란 듯이 선명하다. 낮에는 송이송이 뭉쳐져 꽃무리로만 보였다. 태양이 제 집으로 돌아간 지금은 낱낱의 이파리가 고스란히 드러난다. 달빛이 더 세세한 곳까지 가리키는 모양이다.

밤바람이 벚꽃 향기를 날라온다. 기억 속에서는 그들의 향내를 찾을 수 없다. 언제나 인파가 들끓는 한낮의 꽃놀이를 즐겼으니 사람 냄새만 저장되었나 보다. 사방이 차들로 들어찬 도로에서 옴짝달싹도 못하고 차 안에서 벚꽃을 바라보기만 하다 돌아 온 적도 있었다. 꽃놀이패에 휩쓸려 다녔으니 참모습을 살피기나 했을 터인가. 이렇게 슴슴하고 담담한 향기를 가졌구나. 어둠 속에서 다섯 장 꽃잎의 꽃송이를 보고 향내도 들이킨다. 햇빛에 가려졌던 녀석들의 진짜 얼굴을 남김없이 올려다본다.

햇살이 눈부신 날은 반짝거림 때문에 물체를 제대로 볼 수 없는 경우가 종종 생긴다. 색안경으로 가려주면 또렷이 제 모양을 살필 수 있게 된다. 밝다고 다 볼 수 있는 것은 아니라고 일러주나 보다. 어둠 속에서 드러나는 벚꽃의 자태와 향기가 요란한 봄바람에도 의연하다. 밝은 빛에 의지했던 판단들이 과연 제대로 되었던가 돌아보게 만든다.

삼월의 여린 봄꽃 같은 아이가 전화를 주었다. 이제 막 고등학교에 들어간 친구의 딸이다. 아들만 둔 나로서는 언제 보아도 나풀거리는 어여쁜 소녀이다. 여학생들 입에 오르내리는 성형외과 의사에게 청을 넣어달라는 전화였다. 방학 동안 눈이며 코를 마음에 들도록 고치고 싶다는 말이었다. 내로라하는 그 의사는 예약이 밀려서 수술 날짜를 잡기가 하늘의 별따기란다. 평소 친분이 두터운 내가 부탁을 하면 방법이 생길 것 같다는 내용이었다. 굳이 수술이 필요 없는 고운 얼굴을 가진 아이라 말문이 막혔다. 아무리 예쁘다고 강조를 해도 막무가내로 고집을 부렸다. 그 아이 엄마도 설득을 해보았지만 소용이 없었다고 한숨을 지었다.

　울며불며 매달리는 아이의 부탁을 끝내 거절하지 못하고 수술을 할 수 있는 날을 가까스로 잡아 주었다. 어느새 계절이 몇 번 바뀌었지만 아직 만나지 못했다. 꼭 보려 했으면 바뀐 얼굴을 볼 수도 있었을 것이다. 괜히 쓰라린 마음이 일어 여태 찾지 못했다. 친구도 얼마간은 탐탁지 않은듯 했지만 딸이 더 예뻐졌다는 소리를 듣는다고 이제는 은근히 반기는 눈치다.

　보기 좋은 떡이 먹기도 좋다는 옛말이 있기는 하다. 허나 보이는 것에만 관심을 쏟다보니 정작 본질을 망가뜨리는 일이 다반사로 여겨진다. 외양만 앞세우다가 실체를 팽개친 일도 많았을 성싶다. 커다란 홑겹 눈이 볼수록 매력적이던 그 아이를 다시 만나지 못하게 되었다. 겉모습의 자신감으로 내내 거울만 들여다보다가 깊은 물에 빠지는 나르시스를 닮지나 않을는지 괜한 걱정이 앞선다.

남편의 분위기가 심상치 않다 싶었지만 모른 체 해주고 싶었다. 저녁은 제대로 먹게 하고 싶어서 궁금증을 꾹꾹 누르고 있었다. 아무리 말없이 식탁에 앉았어도 온몸에 걱정거리가 덕지덕지 붙어 있음이 한눈에 보였다. 숨기려 할수록 어색한 몸짓은 두드러졌다. 함께한 세월 덕에 내색하기 싫은 속내가 훤히 드러나 보였다. 감출 수 없는 깊은 한숨도 훔쳐보았다.

산책이나 하고 들어오겠다는 남편을 졸졸 따라갔다. 싫다는 내색에도 강아지처럼 뒤를 쫓았다. 봄이 왔다고는 하지만 밤바람은 여전히 싸늘한 기운을 품고 있었다. 길거리에 늘어선 신춘 음악회를 알리는 깃발이 바람에 찢어져 날렸다. 굳은 그의 얼굴과 짝을 이루었다.

마지못해 아우의 교통사고 소식을 전했다. 다행히 몸이 상하지는 않았다고 한다. 늘 사고를 달고 다니는 아우가 염려되어 입을 다물었나 보다. 시동생은 사람만 좋았지 이제껏 실수투성이다. 이제는 시동생도 어엿한 가장이라 옆에 끼고 살 수도 없는데 걱정으로 함께 살고 있다. 그의 심정을 헤아리는 터라 어떤 말도 위로가 되지 못함을 안다. 한 마디도 전하지 못하고 손만 토닥였다. 차가운 밤공기가 맞잡은 손을 따뜻하게 만들었다. 침묵이 더 포근하게 다가왔다.

그의 무거운 어깨를 읽기엔 시간이 필요했다. 속 시원히 털어 놓지 않는 태도가 오래도록 못마땅하기도 했다. 아내의 감정 따위는 배려하지 못하고 혼자서 걱정으로 끙끙거리던 그가 원망스럽기도 했다. 너무 늦지 않게 말 굳은 남편을 이해할 수 있도록 속길을 터준 시간의 지혜와 마음밭에 감사한다.

세월이 무거운지 눈두덩이 힘을 잃고 쌍꺼풀을 덮으려 한다. 새로 나온 조리 식품의 설명서가 잘 보이지 않아서 눈을 부릅뜨고 다시 보는 일도 생겼다. 하지만 괜찮다. 한 쪽이 막히면 다른 쪽을 열어주시는 것이 하늘의 이치라고 하지 않았던가.

밝은 빛의 화려함 때문에 본 모습을 알아보지 못한 일이 있었다. 잘 꾸민 외모에 마음을 빼앗긴 시절도 있었다. 속상함을 숨기려고 입을 닫는 남편 때문에 속을 끓인 시간이 많았다. 이제는 보이는 것 너머에 있는 지혜의 길이 어렴풋이 모습을 드러내는 것 같다. 겨우 갈 길을 알아차린 속눈〔心眼〕이제 차례를 기다리고 있다. 따라가 볼 작정이다.

이어달리기

가을바람에는 날카로움이 숨어 있는가 보다. 난반사되는 햇살 아래 서 있으면 어느 순간 소름이 돋는다. 색안경 없이는 찌푸려지는 눈을 가눌 길이 없다. 가까이 가고 싶지만 밀쳐내는 것이 이 계절의 숨겨진 모습이던가. 성장이 아니라 동면으로 가는 길이기에 눈부신 아름다움만 자랑하고 차갑게 돌아선다.

그때도 감나무 잎이 떨어지는 때였던가 싶다. 겨우 점심상을 물렸을 뿐인데도 해가 빨리 떨어질 것이라며 아버지는 재촉을 하셨다. 노을이 두려운 것이 아니라 늦가을 짧은 해보다 더 서둘러 사라질 것 같은 당신의 여생이 조바심 나게 하였던 모양이다. 아버지의 성화에 못 이겨 억지로 나선 길이라 그런지 겨우 한 시간 남짓한 거리가 가도 가도 끝이 보이지 않을

듯 여겨졌다. 꺼려지는 속마음을 들키지 않으려고 흔들리는
운전대를 몇 번이나 고쳐 쥐었다.

청도의 어느 약방에서 아들 낳는 비방을 알려 준다는 은밀
한 소문을 들었다. 비책대로 따랐더니 자손이 귀한 집에서도
옥동자를 얻었다는 풍문을 따라 어렵사리 찾아가는 길이었
다. 내키지 않는 마음을 몸도 알아차렸는지 전에 없던 멀미를
일으켰다. 얼굴이 노랗게 질려가는 딸의 등 너머로 당장이라
도 손자를 품에 안을 듯 한껏 들뜬 노부모가 타고 있었다. 놀
이공원에 도착하기를 눈이 빠져라 기다리는 어린아이마냥
허리를 곧추세우고 두 손 끝이 빨개져라 앞좌석 등받이에 모
아 올렸다. 이제나 다 왔을까 행여나 길머리를 놓치지 않을까
시선을 창밖에 매어 놓았다.

멀고 가까운 친척들을 다 둘러봐도 아들이 귀한 가정은 없
었다. 유독 우리 집만 오빠 하나에 딸이 넷인 딸 부잣집이었
다. 외아들을 두었지만 각별한 애정은 꽁꽁 숨겨두고 지켜보
기만 하였던 모양이다. 당신에게 아들이 특별한 존재였던지
대를 이어야 한다는 사명감을 가졌던지 염두에 두지는 못했
다. 아들은 무심히 던져두고 딸자식들에게 더 살뜰한 눈길을
보낸다고 한 점의 의심도 없이 굳게 믿었다.

네 명의 딸들이 줄줄이 아들만 둘씩 낳는 사이 오빠는 집안
에서도 유일하게 딸만 둘 가진 아빠가 되었다. 아버지는 잠시

숨길 수 없이 베어 나오는 서운한 기색을 들키기도 했다. 하지만 밖으로 나설 때면 손녀들의 손을 잡고 공중화장실로 데려다 주는 우리 아버지의 모습으로 돌아왔다.

절대자가 우리에게 맡긴 인생은 부모에게서 나에게로 다시 다음 세대로 끊임없이 이어져 왔다. 생명을 품어내기 전에는 내 손에서 자라난 아이가 내가 삶을 다한 이후에도 나를 이어 간다는 사실이 얼마나 값진 것인가를 생각하지 못했다. 그저 부여받은 이 땅 위에서의 시간을 열심히 살아가는 일 그 이상은 내 몫이 아니라고 여겼다. 피붙이들이 태어나고 그들이 다시 이 세상을 엮어 가는 삶의 연결고리를 발견하니 내 생명의 끝이 진정 마지막이 아니라는 생각이 비로소 들었다. 산다는 것이 한 사람의 일생만이 아닌지라 더 엄숙하게 다가왔다.

마지막은 그 앞에서 가진 것을 다 불살라 버리고 이후에는 아무것도 남지 않는 텅 빈 시공 같다. 바닥을 모르는 낭떠러지에서 발버둥치며 추락하는 공포 같다. 이어 갈 내일이 없는 삶이 달려갈 이유가 될 수 있을 터인가. 그래서 창조주는 피조물들에게 후손을 두게 하고 또 다른 시작으로 연결 짓게 하나 보다.

아버지는 이제 끝이라는 절망 앞에 홀로 서 있었다. 고희연을 마치고 돌아설 무렵 중풍으로 육신을 뜻대로 할 수 없는 일을 당하였다. 몸이 말을 듣지 않으면 마음은 더 조급해지는 법이던가. 얼마 남지 않은 생의 모래시계는 가속도로 떨어지고 있는 듯했다. 사지는 흙이 되더라도 영원을 기약할 수 있는 핏줄의 끈을 이을 기회는 사라져 갔다. 당신이 목숨을 다한 후에라도 아들과 손자가 이 세상을 이어가리라는 믿음이 있다면 죽음의 두려움도 무게가 덜어지리라 확신하였나 보다. 당신의 손자가 당신의 자리를 이어가기를 갈망하였나 보다.

구토와 어지럼증을 참아가며 간신히 아버지의 손에 비방이 적힌 쪽지를 쥐어 드렸다. 내게는 미신으로 얼룩진 종잇조각에 불과했지만 당신에게는 내일이라도 손자를 얻을 수 있다는 희망의 메신저가 되었다. 잠시 기쁨을 누리기도 전에 오빠는 들뜬 아버지를 한순간에 추락시켰다. 딸아이들이면 충분하다는 한 마디를 전했다. 당신의 절망과 분노의 깊이를 가늠할 수는 없었다. 이제는 끝이라는 선고를 아들에게서 받은 심정은 사망통보보다 참담했는지도 모른다.

아버지의 사랑이 대를 잇는 집착보다 작다는 생각은 해보지 않았다. 아직 당신은 이미 남의 집 사람이 되었다고 여기는 딸들에게 고이 심어둔 사랑이 꽃이 피고 다시 씨앗으로 태어나리라는 미래를 받아들이지 못한다. 딸자식들에 대한 기대가 부족해서가 아니라 당신 세대가 벗어날 수 없는 틀에 묶여 있음을 안다. 아버지의 손발을 닮은 딸자식이 그의 아들에게 고스란히 물려주었다. 그 품성을 닮아가고 싶은 애틋함으로 아들에게 친정아버지의 이야기를 들려준다. 첫정을 담뿍 받았던 외손자는 지워지지 않을 기억으로 고이 간직하였다가 장차 그의 아이에게도 들려주리라 믿는다.

당신은 하나의 종착역을 향해 가고 있는 것이 아니라 여러 갈래의 새로운 시작을 맞이할 것이다. 생명이 이름에 있지 않음으로 더 이상 나홀로 절망의 방을 지키지 않으면 좋겠다.

물리학자 장회익 교수가 발견한 온생명이라는 인식은 위로와 희망으로 다가온다. 태양의 에너지를 먹고 사는 지구의 생태계는 풀뿌리에서 애벌레에게서 사람에 이르기까지 관계 맺지 않은 개체가 하나도 없다. 우리는 햇빛과 공기와 물이 키워낸 나물을 먹고 애벌레가 지어준 옷을 입는다. 나는 화단에 물을 주고 꽃씨를 흩날리게 한다. 들판 어디에선가 농부는 땀을 흘리고 거둬들인 그 땅이 다시 움틀 수 있게 힘을 북돋운다. 먹고 소비함으로서 다해버리는 것이 아니라 또다시 키우고 채워 나간다. 각 개체로서의 나도 있고 사십억 년 전에 시작된 생명체가 서로에게 주고받으며 엮어온 온생명으로서의 우리도 존재한다.

산다는 것은 일대일의 이어달리기가 아닐 것이다. 기억할 수 없는 시간 이전부터 소리 없이 눈에 뜨이지도 않지만 온기가 전해지는 단체 이어달리기이리라. 아버지가 절망의 방에 갇힌 것은 물리적으로 손에 쥔 바통을 넘겨줄 이가 없기 때문이다. 당신은 벌써 눈에 보이지 않는 수많은 곳에 당신의 씨앗을 뿌리는 삶의 의무를 잘 감당했다고 여기면 좋겠다. 그것이 영원을 약속받는 비밀이 되리라 믿기에 당신의 방에서 우리의 운동장으로 나오기를 소망한다.

　내게 물려준 생명 속에 우리 아들들에게 이어 준 핏줄 속에 아버지는 계속 살아있을 것이다. 아버지의 가을날이 따뜻해지면 좋겠다.

귀, 귀, 귀

#1

건너편 아파트의 불빛이 또렷해질 무렵 후줄근해진 교복을 입은 아들이 현관문을 들어선다. 휴대전화에 연결된 이어폰을 귀에 꽂은 채로 신발을 훌쩍 벗는다. 입을 떼는 둥 마는 둥 들리거나 말거나 자신이 돌아왔다는 신호를 보낸다. 컨베이어 벨트가 돌아가듯 제 방으로 들어가 휴대전화를 충전한다. 컴퓨터 전원을 켠다. 키보드 옆에 놓아 둔 헤드폰을 쓴다. 늦어서야 돌아온 아들이 안쓰러운 듯 먹을거리를 들고 엄마가 방문을 두드린다. 반응이 없는 방안 사정을 살펴보며 조심스레 들어선다. 원래부터 제 몸과 하나인 것처럼 커다란 헤드폰이 먼저 보인다.

한 손으로 귀를 막고 있는 것을 슬쩍 들고는 "알았어요." 한

다. 전후 사정을 풀어놓지 않고도 아들은 "알았어요." 하고
엄마는 "알았어?" 한다. 헤드폰을 쓰고 있으면 청력을 해친
다. 음악을 들으면서 공부하면 집중력이 떨어진다. 엄마가
잔소리를 보탠다. 앞서 "괜찮아요." 하고 "괜찮아?" 한다. 듣
기는 들었다는 표시인지 말문을 막으려는 뜻인지 아들은 서
둘러 "괜찮아요." 하고 엄마는 "괜찮아?" 한다. 커다란 솜뭉
치 같은 것을 귀에 두른 아들은 머리를 까딱까딱 거린다. 멍
하니 옆모습만 바라보는 엄마는 한숨을 뱉어 내고는 방문을
닫는다.

어느 새 자정이 넘어선다. 방문을 빠끔히 열고 아들의 기척
을 살펴본다. 여전히 귀는 덮여 있고 눈은 책에 고정된 채로
손에 얹힌 펜이 뱅글뱅글 돌아간다. 무엇을 알았고 무엇이 괜
찮다는 뜻인지 모르겠다. 아들은 먼저 마침표를 찍었고 뒤이
어 엄마는 물음표를 던진다. 참 알 수 없는 노릇이다.

#2

늦은 저녁 시간 빈대떡집이다. 남자는 술잔을 기울이며 앞
에 앉은 이의 연설에 귀를 모은다. 앉을 자리가 없이 꽉 들어
찬 주점 안은 전쟁터마냥 귀청이 떨어져나갈 듯 요란스럽다.
"거기 투자 한번 해 봐, 확실하다더라." "그래? 그래!" 남자
는 고성이 오가는 술자리에서 좀 더 자세히 들어 보겠다고 의

자를 바짝 당겨 앉는다. "그렇지? 맞지!" 술자리는 금세 투자 상담처가 된다. 취기가 오르는 만큼 귀는 더 달아오른다.

벌써 여러 해 전, 동창 모임에서 다음 주에 갚겠다는 말만 믿고 돈을 건네주었다. 다음 주는 다음 달이 되었고 하마 몇 년이 흘렀다. 다정하게 속삭이던 동창은 전화 연락마저도 끊은 지 오래다. 남자는 언제부터 술기운이 오른 웅성거림으로 자신의 목소리가 또렷이 들리지 않는 모임의 한가운데에 있다. 쉬이 거절하지 못하는 탓에 술자리라면 단골손님처럼 불려 다니기도 한다.

혹시나 인기척으로 식구들이 깨기라도 할세라 손끝에 힘을 주고 문을 연다. 진공상태마냥 움직임이 없는 집 안에 대문 여닫는 소리가 울린다. 아이들이며 아내가 제 방에서 나와 맞이한다. 그리고는 다시 아무 소리도 들리지 않는다. 남자는 야단맞은 아이처럼 살금살금 까치발이라도 들어야 할 것 같은 분위기가 어색하다.

#3

아침상을 물리고 집안 정리가 대충 끝이 난 시간이다. 여자의 휴대전화가 몸부림을 친다. 머리는 모임을 줄이고 인간관계도 추려내라고 명령하지만 몸은 여전히 습관을 따라 월요일 점심, 화요일 밤, 목요일 점심, 셋째 주 토요일 그리고 수

시접수처를 바쁘게 오간다. 촘촘히 이어진 연결의 매듭을 어디서부터 풀어나가야 할지 갈팡질팡하고 있다.

대접에서 김이 설설 피어오르는 칼국수 집이다. 누구네 남편은 사업이 나날이 번창한다더라. 어느 집은 시댁에서 미리 유산을 나누어 주었다더라. 언제부터 국수에 힘줄이 들어 앉아 있었던지 질겨서 목에 넘어가지 않는다. 그날이 그날 같은 여자의 남편이 떠오른다. 시댁에 용돈을 보내드리는 날에 둘러둔 붉은 동그라미가 오버랩 되어 다가온다.

다시 며칠 후 청국장 가게 안이다. 모임의 한 여인이 남편의 승진 턱을 내겠다고 점심 값은 걱정 말라며 목소리에 힘을 준다. 벌써 몇 차례 승진이다, 명문대 진학이다 하여 배불리 대접을 받은 터이다. 집으로 돌아오는 길에 계속 "나는, 나만"하는 소리가 이명처럼 떠나지 않는다.

칼국수 집에서 들었던 말을 끊어내지 못하고 귀에 담아 두었다. 청국장을 떠 넣으며 주고받았던 사연을 삭히지 못하고 묵혀 두었다. 속에서 불어 터지고 썩는 냄새가 진동을 한다. 여자의 귀는 끌어모으기만 하지 소화시키는 법을 몰라서 체증으로 막혀 있다. 답답하고 먹먹하다.

#1-1
늦은 밤 아들이 웅얼거리는 신호를 보내고는 제 방으로 들어간다. 엄마는 인기척을 쫓아가 본다. "나도 한쪽 줘 볼래?" 걱정 섞인 말 대신 나누기를 청한다. 왼쪽 귀에서 뽑아 왼쪽 귀로 옮겨준다. 어깨를 나란히 하고 한쪽씩 이어폰을 공유한다. 엄마도 어렴풋이 텔레비전에서 들어 본 노래이다. 선율이 잔잔하니 좋다고 말했던 기억도 떠오른다. 염려로 굳어있던 심장이 말랑해져 온다. 오늘은 어떤 말로 설득을 해 볼까 했었는데 그 결심이 어느새 녹아내린다. 한 가닥 전선을 타고 나오는 노래가 흰 셔츠에 검정치마의 교복을 입었던 시절로 데려다 준다.

검정치마는 엄마를 졸라서 새로 나온 미니 카세트를 손에 쥐었다. 야간자습을 하고 돌아오는 길에도 귀를 타고 오는 음악이 링거 줄을 통해 오는 수액처럼 세포를 되살아나게 했다. 테이프에서 재생되는 음표들은 교실에서 들어 쥐었던 숨통을 트이게 했다. 고개를 숙이고 머리부터 대문을 들어설 때면 환한 얼굴의 엄마는 "나도 한번 들어 보자꾸나." 하셨고 검정치마는 "엄마는 모르는 노래예요." 했었다.

쉽게도 검정치마 시절을 잊었다. 엄마는 정성껏 손질하던 검정치마가 장롱 속을 굴러다니다가 언제 검은 비닐에 싸여 폐기처분되었는지 모른다. 그제야 검정치마의 귀에서 들리던 소리는 테이프에 저장된 기호들이 기계장치를 거쳐 음악으로 살아나듯 문제풀이에 지친 교실에서 벗어난 자신을 어루만지던 휴식이었음을 알아챘다. "엄마는 몰라요." 했으면서 "알았어요." 한마디에 가슴이 아렸다. 왼쪽 귀로 전해진 곡조는 심장을 적시고 다시 기억의 회로를 밝힌다. "몰라요." 는 그저 모른다는 의미였고 "알았어요."는 알고 있다는 뜻일 뿐이다. 엄마는 노래가 끝이 날 때까지 아들의 오른쪽에서 가사도 모르는 노래를 흥얼거리며 고개를 끄덕였다. 체온이 담긴 한쪽을 아들에게 되돌려 준다.

"고맙다."

#2-1

바스락거리는 네 개의 발자국 소리를 제외하면 숲은 침묵이다. 산새들도 바람을 불러내어 어울려 쉬러 간 모양이다. 간간이 뒤에서 거친 숨소리를 토하는 아내를 돌아본다. 발걸음을 앞세우다가도 몸을 틀어 어깨너머로 시선을 내린다. 보폭을 맞추어 나란히 걷고 싶지만 옆으로 다가올 만하면 손을 휘휘 저으며 먼저 가라는 시늉을 한다. 머릿속의 아내는 손을 내밀며 당겨 달라, 같이 가자고 조르고 있다. 눈앞에 선 여인은 가까워지기가 무섭게 앞서가라는 손짓을 보낸다. 언제부터 아내는 도움이 성가신 여인이 되었는지 낯이 설다. 휴식 시간이 끝이 난 것인지 바람을 타고 날아든 산새들이 저만치 가라앉은 지난날을 불러온다.

하루 종일 일에 시달려 힘줄이 불거진 손으로 벨을 눌렀다. 아이들의 "앙 앙" 대는 소리와 아내의 넋 놓은 얼굴이 마중을 나왔다. 남자에게 집은 새로운 전장이었다. 바깥일을 핑계 삼아 술자리로 떠돌았다. "앙 앙" 대는 난리를 피해 "건배"가 넘치는 곳을 찾아다녔다. 벌겋게 달아오른 귀를 믿었다가 재물로 식혀야 했던 일이 있었다. 나긋한 속삭임에 끌려가다 관계를 끊어야 하는 일도 있었다. 더는 요란한 대문 밖이 귀를 홀리지 않았다. 소음 속에서 악다구니를 쓰다가 목이 쉬어버린 줄 그제야 알았다.

남자가 요란한 집안을 피한 사이 아내는 전쟁터를 마무르는 장군처럼 변했나 보다. 남자의 지원을 청하지 않고도 아이들을 각자의 방으로 들였고 원성 없이 진두지휘를 해왔다. 이제는 다시 조용해진 집으로 돌아오기 위해 무슨 핑계라도 대야 할까. 새로이 집안을 꿰찬 아내에게 허락이라도 구해야 할까. 남자는 아내와 산길을 오른다. 고요 가운데 귀는 잠잠해지고 심장은 요란하게 펄떡거린다. 가슴은 따뜻해지고 귓가로 지나는 바람이 청량하다.

#3-1

여자는 달력에 동그라미를 치고 날짜에 맞추어 지인들을 만난다. 최면에 걸린 듯이 여기에 얼굴을 내밀고 저기로 발걸음을 옮긴다. 앞다투어 쏟아내는 으쓱해진 목소리에 귀가 먹먹해지고 은근하니 드러내는 낮은 음성에 귀는 예민해져 버렸다. 부러움에 "나는" 하다가 시기심에 "나만" 하다가 이명을 안게 되었는지 모른다.

지난날 여자는 '다르다'를 입에 달고 살았다. 누구라도 '다르다와 틀리다'를 구분 없이 쓸 때면 여지없이 올바른 사용 설명서에 대해 강의를 들어야 했다. 두 단어의 뜻이 하늘과 땅만큼은 아니더라도 이웃은 분명 아닐진대 흔히들 혼용한다고 흥분하던 여자였다. "다르면 틀리다는 말인가?" 하며 열변을 토해내던 여자였다. 여자는 이명에 사로잡혀 '다르다'를 놓아 버린 모양이다.

되감기를 시켜본다. 여자는 '다르다'와 '틀리다'를 구분하여 사용하지 못하는 까닭을 남들과 다르게 행동하거나 사고하면 틀렸다고 바라보는 시선 때문이라고 열변을 토했다. 언어습관이 사람됨의 일부라 잘라 말하고 사용처를 분명히 구분했다. 어떤 사람은 여자를 까탈스럽다고 했고 어떤 이는 유별나다고 했다. 따지지 않으면 그만인 줄 알았다. 곤두서 있는 귀를 다스리는 처방은 내리지 못했다.

여자는 칼국수도 후루룩 먹고 청국장도 팍팍 비벼서 먹을 수 있는 때가 아직 이르지 못했나 보다. '다르거나 틀리거나' 크고 너른 귀로 들을 만한 그릇이 되지 못했나 보다. 좀 달라도 비슷하다고 해도 된다. 조금 틀려도 거의 맞는 것이나 진 배없다. 부처님 귀가 왜 턱 아래까지 닿도록 긴 것인지, 공자 님 귀가 어째서 두툼하니 손바닥 같은지 살펴볼 일이다.

개와 고양이

목줄에 묶여 있어도 신나게 펄떡 펄떡 뛰어다니는 개가 보인다. 개를 산책시키러 나온 것인지 마실가는 길에 재미삼아 데리고 가는 참인지 모르겠다. 이유야 어찌되었거나 바람을 쐬게 해 준 주인님이 고마워서 가랑이 사이를 들락거린다. 모가지를 조이는 줄은 숨 막히는 속박이 아닌가 보다. 늘어났다 줄어들었다 자동으로 조절이 되는 목줄의 구속이 오히려 즐거워 보인다. 길게 늘어난 줄이 팽팽해져서 더는 앞으로 가지 못하면 앞발을 들어 버둥거리다가도 금방 멍멍 하고는 돌아간다. 코를 땅에 처박고 킁킁거리다가도 연신 고개를 돌려 주인을 살핀다. 무심히 지켜보는 내 목이 조이듯 답답해지는 것은 무슨 까닭인가. 치켜 들린 꼬리가 쉴 새 없이 흔들린다. 건전지를 넣어 주면 에너지가 바닥이 날 때까지 쉬지 않고 딸깍

거리는 장난감 강아지 같다. 그렇게 재롱을 떠는 통에 반려동물들 가운데에서도 강아지들이 인기의 상위 순위를 차지하는가 싶다.

개는 사람과 함께 지낸 최초의 동물이라고 한다. 오랜 세월 먹이를 주고 길러 온 덕분인지 야생보다 울타리 안에서 섞여 지내는 모습이 더 개답다는 생각이 든다. 집단생활을 오래 지속해 온 영향으로 복종에도 익숙하다. 주인을 쫓아다니며 관심을 받고 싶어서 안달을 내는 태도는 조상으로부터 이어지고 고유한 습성으로 굳어졌나 보다. 개는 눈치가 없다는 평가를 받기도 한다. 주인이 성가셔 귀찮아 해도 놀자고 맴돌다가 기어코 바짓가랑이를 물고 늘어진다. 그러다 혼쭐이 나야 낑낑거리며 귀를 축 늘어뜨린다. 금세 꼬리가 쳐져서는 처량한 자세로 동정을 구한다. 충직의 DNA가 유전되어서 한번 맺은 인연을 여간해서는 팽개치는 일이 없다고 들었다. 영화 '백구'나 '하치이야기'에서도 볼 수 있듯이 한 주인만을 섬기는 장면에서는 비록 동물이라 할지라도 사람을 대할 때처럼 연민이 솟아난다.

나는 종종 개처럼 행세하는 자신을 발견한다. 어감이 좋지 않아서 강아지라고 부를까 싶기도 했다. 아무리 장수 시대에 살고 있다 하더라도 인생의 반환점을 돌아온 형편이라 강아지로 부르기에는 양심의 거리낌이 생겼다. 이미 주, 종 관계의 겉과 속을 간파한 지 오래된 개가 분명하다. 주인의 눈치를 살피고 심기가 불편하지 않도록 처신하는 데 이골이 났다. 처음부터 발자국 소리에도 심리상태를 읽으려고 귀를 쫑긋하지 않았다. 식사 시간에 옆에 쭈그리고 앉아 더 먹여 보겠다고 앞발을 분주히 놀리지 않았다. 하루는 힘을 내라고 목소리를 높여 추슬러주다가 또 하루는 위로가 될까 하여 주위를 뱅글뱅글 돌아다니다가 어느새 충성을 바치는 개의 자세가 몸에 익어버렸다.

한때는 스스로가 주인인 줄 알았던 시절도 있었다. 세상에 태어나게 해주었다고 주인 행세를 했다. 다 자라 성인이 되기 전까지는 어미 말을 따르리라 헛된 기대를 가졌다. 주인 노릇은 제대로 해보지도 못하고 일찌감치 꼬리를 내렸다. 제 팔다리를 마음대로 부릴 줄 알 때부터 조짐이 있었다. 위험한 곳을 알리느라 손목을 당겨도 버둥거리며 가겠다고 고집을 피웠다. 허벅지에도 못 미치는 꼬맹이가 어른들을 쥐락펴락할 때부터 주종관계는 바뀌어 버린 셈이었다. 가르쳐 주기도 전에 자아의 개념은 쑥쑥 자라났다. 자기 방문을 닫아 달라고 요구할 즈음에는 이미 닫힌 문을 살살 긁을 도리밖에 없는 애달픈 신세가 되었다.

원하는 것을 퍼뜩 물어다 주었다. 때로는 위태로운 곳으로 가는 것은 아닌지 미리 짚어 보았다. 너무 멀리 앞서가지 말라고 허겁지겁 쫓아가다가 목줄에 조이는가 싶기도 했다. 길들여진 시간 덕분에 목에 감긴 줄은 이미 역할에 어울리는 목걸이처럼 편안하다. 개는 울타리 안에서 주인만 바라본다. 먹지도 못할 뼈다귀를 던져 주어도 질겅거리다가 굴리다가 잘도 가지고 논다.

이제는 덩그런 집을 혼자 감당하기 벅차다는 친지가 강아지를 키웠다. 객지로 떠난 자녀들의 빈자리를 대신할 요량으로 강아지를 선택했다. 허전함도 채워 줄 터이고 함께 산책을 다니다 보면 건강에도 도움이 되리라는 계산이 있었다. 서너 해가 훌쩍 지나갔다. 강아지보다는 고양이를 키울 것을 뒤늦은 후회를 한다. 고양이는 혼자서도 잘 놀아서 아이처럼 조르지 않는다. 시끄럽게 하는 일도 드물다. 씻기를 싫어해서 자주 목욕을 시키는 번거로움도 거의 없다 한다. 항상 새침한 표정으로 토라진 듯이 한쪽 구석을 차지하고 있지만 털실을 가지고 장난을 치는 모습은 보기만 해도 절로 미소를 짓게 만든다고 철 지난 아쉬움을 쏟아낸다.

고양이에 대한 찬사를 듣고 있자니 우리집 녀석들은 고양이가 아닐까 싶다. 무엇이 그리 불만인지 미간을 찌푸린 모양새 하며 말없이 제 방에 틀어박혀 요구 사항을 주문하는 일도 닮았다. 꾸중을 들으면 오래 서러워하는 태도에다가 끼니를 챙기고 보살피는 어미에게 되레 도도하게 구는 모습에도 같은 종족이 아닐까 하는 의심이 든다. 나는 개처럼 충직하게 고양이를 모시고 사는 게 아닌가 싶다.

아이들에게 진액을 다 퍼주고 허허로운 가슴이 되는 날이면 잠시라도 엄마 옆에 눕고 싶다. 달짝지근했던 살내음이 비릿한 노인의 체취로 변해버렸지만 코를 따라 행복했던 유년 시절로 되돌아갈 수 있을 것 같은 생각이 밀려오기 때문이다. 당장이라도 포근한 팔베개를 두르러 가고 싶지만 내 형편이 우선이다. "너 좋아하는 반찬 했다." 하는 전화라도 받으면 쪼르르 달려간다. 지난 가을에 주은 도토리로 쑨 묵이며 할아버지 산소 가는 걸음에 캐왔다는 냉이를 데친 나물반찬은 보기만 해도 군침이 돈다. 인사치레도 없이 큼지막한 반찬통을 먼저 내민다. 한입 가득 엄마 맛이 나는 음식을 밀어 넣고는 우물거린다. "나는 속썩인 일 없었지?" 엄마는 피식 웃기만 한다. 핏줄이 불거지고 윤기가 가신 손으로 보퉁이를 단단히 묶고는 내 손에 쥐어준다.

고양이는 기억력이 그리 훌륭하지 못하다고 들었다. 죽을 때까지 한 주인을 섬기는 개의 그것과 어찌 비교를 할 터인가. 이제야 알았다. 나는 개이면서 여전히 고양이라는 것을.

신 귀거래사

한여름 땡볕이 펄펄 대지를 달군다. 검은 머리카락이 팔월의 뙤약볕을 그대로 빨아들여 정수리가 찡찡거린다. 마치 약속이나 한 듯 모두가 같은 시기에 휴가를 떠나는 터라 고속도로나 국도나 할 것 없이 주차장 신세가 되어 버렸다.

생소한 경북 북부지방 도시의 축제를 체험해 보겠다고 붐비는 차량 행렬에 몸을 맡겼다. 길을 잘못 들어 버렸다. 차를 되돌릴 곳이 마땅치 않아 계속 달리다 보니 비탈길 아래로 작은 마을이 눈에 들어온다. 잠시 쉬면서 목적지를 제대로 점검해 보기로 한다. 곳곳이 장터와 다를 바 없던 조금 전 풍경과는 달리 경적 소리만 멀리서 들려올 뿐 바깥세상과는 완전히 분리된 곳처럼 느껴진다. 갑자기 블랙홀에 빠져 신선이 노니는 다른 세계에라도 온 것인가. 그늘 한 점 없는 마을 길은 인

기척도 들리지 않는다. 머리는 이글거리지만 골목에서 흘러
나오는 바람은 여름날 습기도 머금지 않은 듯 청량하다. 뒷산
에서 불어오는지 서늘한 공기에 이끌리어 마을 안쪽으로 연
결되는 듯이 보이는 사잇길로 발걸음을 옮긴다. 흑갈색을 넘
어 검은 빛이 도는 나무 기둥에 흰 벽이 도드라진 기와집들이
늘어서 있다. 문패도 없는 대문이지만 품격이 배어 나온다.
우연히 접어들어 만난 고풍스러운 동네를 둘러보고 싶었지
만 축제에 가려고 들뜬 아이들이 돌아가자고 목청껏 외친다.

벌써 여러해가 지났다. 그 여름 길을 잃고 헤매다가 들르게
된 의연한 고택마을이 마음에서 떠나지 않았다. 다시 찾아 온
여름날 작정을 하고 추억 속의 고아한 기와집을 향해 나섰다.
금방이라도 비가 쏟아질 것 같은 하늘은 땅과의 경계를 잃어
버렸다. 운무가 길 위에 내려앉아 다시금 환상의 세계로 이끄
는 듯했다.

몇 년 동안 기억의 한 귀퉁이를 차지하던 그곳이 봉화의
'닭실 마을'이라는 사실을 알게 되었다. 지세나 풍수에 문외
한인 사람에게도 한눈에 안온한 느낌을 주었던 그곳이 이중
환이『택리지』에서 살고 싶은 곳으로 손꼽았던 기거지라니
새삼 놀라울 따름이다. 훗날 이곳을 찾았다는 성호 이익 역시
"선생이 살고 있던 동문 밖은 물이 맑고 돌들도 깨끗하여 그
그윽하고 아름다운 경치가 세상을 떠난 듯하다."라고 하였

다. 삼백여 년 후의 내게도 시공을 넘어 마치 다른 세상에 들어선 착각을 일으켰던 기억이 성현의 감상과 같았다니 예사로운 자리는 아닌 듯싶다.

닭실 마을은 안동 권문 중에서도 이름 높은 충재 권벌을 중심으로 이루어진 씨족마을이다. 금닭이 알을 품은 형상이라 하여 쉽게 찾아볼 수 없는 명당이라 한다. 굳이 '금계포란형'이라는 설명이 없어도 마을 어귀에 들어서면 저절로 아늑한 기운을 느낄 수 있다. 기와집들 뒤로는 야트막한 산이 둘러쳐져 촌락을 감싸 안고 있는 듯하다. 어디서 흘러들어 오는지 좁은 물길을 따라 맑은 물소리가 끊이지 않는다. 그리 넓지 않은 들판이지만 짙푸른 벼들이 넉넉함을 지니고 있다.

마을 초입부터 말끔한 길을 따라 걷노라면 오른편에는 흙으로 이어 붙인 돌담 안으로 기와집들이 연이어 앉아 있다. 왼편에는 정겨운 물길이 투명한 소리를 내며 따라온다. 낯선 나그네이지만 서먹한 기분은 들지 않아서 자연스레 자석에 끌리듯 걸어 들어가게 된다. 예전에도 이 담을 따라 걸어 보았던가. 길 끝에는 누구라도 나와서 반갑게 맞아 줄 것 같은 환상에도 젖는다.

솟을대문이 열려있는 종가 앞에 다다른다. '출입금지'라는 간판이 서 있지만 문안으로 들어가면 그 옛날 종택에 살던 어른이 시자를 보내 정중히 맞아 줄 듯하여 집주인의 거절도 못

본 체한다. 제법 높은 문턱을 넘어 들어선다. 이 한 걸음은 오백 년 전으로 데려다 줄지도 모른다. 가슴이 방망이질 친다. 손길이 성글었던지 쑥부쟁이 잡초들 곁으로 잘생긴 나무 두어 그루가 서 있다. 좌우로 정원이 이어지고 뒤로는 ㅁ자형 주거공간이 배치되어 있다. 내부는 깊이 들어가지 않으면 잘 보이지 않는 사생활 보호구역 같다. 문 앞에 출입을 사양하는 표지판을 보았던지라 차마 더 이상은 기웃거리지 못한다.

고졸한 멋이 깃들인 기와집이 풍채는 당당하고 기품 있는 선비 같기도 하고 문 틈 안으로는 누구라도 반가이 맞아줄 것 같은 안방마님의 모습이 어른거리는 듯도 하다. 역사가 되어 버린 그들이 빛바랜 창호지 문 안에서 나를 보고 있는 양 마음이 두근거린다. 상처가 나서 패인 잔디밭 사이로 물이 고인다. 산허리에 내려왔던 먹구름이 어느새 비로 내리고 있었나 보다. 우산도 없이 한참을 서서 바라보았던 모양이다. 예고 없는 손님이 아니라 어제도 다녀갔던 허물없는 이웃처럼 방 안으로 들어가 나무 격자창을 열어두고 비오는 풍경을 더불어 나누고 싶다. 정성 담긴 안주인의 다과와 함께라면 더할 나위 없겠다.

불청객은 주인이 눈치채지 못하도록 다시 금지 표지판을 넘는다. 점퍼에 달린 모자를 뒤집어쓰고 축축이 젖어드는 옷에는 한 점 신경도 보내지 않는다.

안온한 이 마을을 일군 사람은 권벌 선생이었다. 선생은 중종 초기에 과거에 급제하여 관직의 길로 나섰다. 사간원, 사헌부 등을 거쳐 예조참판에 이르렀다가 기묘사화에 연루되어 파직을 당한 뒤 낙향하게 된다. 옛부터 안동 권문은 이로움보다는 의를 좇아 사는 선비들이 많았었다 한다. 당당한 종가의 옛 주인은 올곧은 사대부였다. 백성을 가르치고 풍속을 맑게 하여 더 나은 내일을 만드는 꿈을 펼치고자 하였을 것이다. 권세에 눈먼 자들에 의해 관직을 빼앗긴 후 응어리진 가슴을 안고 고향으로 돌아왔을 것이다. 의로운 나라를 만들겠다는 바람은 좌절되었다. 당파의 이익만 좇는 자들과 함께 앞날을 도모할 수는 없는 일이었기에 꺾인 미래를 껴안은 선비는 그를 감싸 줄 안식처로 돌아왔다. 그리하여 상처를 치유하고 때가 무르익으면 다시 세상으로 나아갈 준비를 할 수 있는 피난처가 되었다. 뒷산의 솔숲은 분기 가득한 선생의 가슴을 솔바람으로 쓸어 주었다. 마르지 않고 흐르는 집 앞의 실개천은 핏빛 가슴을 씻어 내렸다.

어느 날에는 정원의 우측으로 누워있는 널찍한 거북바위 위에 정자를 짓고 그 주위로 연못을 팠다. 물을 끌어들여 물고기를 노닐게 하고 정원과 정자를 이어주는 아취 있고 소담한 돌다리도 놓았다. '청암정'이라 이름 짓고 일가들과 시문을 주고받기도 했으리라. 청암정 옆으로 충재라는 서재를 지어두고 저술에도 힘을 기울였다. 닭실의 포근한 자연이 험난한 관직에서 상처투성이로 돌아온 선생의 마음을 삭여 주고 육신의 생채기에 새살을 돋게 했으리라.

풍수지리에서 금계포란형은 찾기 어려운 명당 중의 명당이라 한다. 좋은 터는 다시없는 자연풍광과 함께 자손들의 번창도 약속한다고 믿었다. 메마르고 강팍한 곳이 아니라 물과 바람과 인심까지 두루 갖춘 자리였다.

충재 선생이 터 잡은 닭실의 풍광과 그 위에 자리한 종택을 감탄하며 바라보고 있는 나는 그저 부러운 눈길만 보낸다. 솔숲과 실개천이 흐르는 곳에 보금자리를 틀 수 없는 까닭이다. 일 년을 하루같이 네모난 시멘트 벽 속에 갇혀 살아가니 말이다. 피곤한 몸과 마음을 위로 받을 수 있는 자연 속의 집은 감히 바라지도 못한다.

하여 산천초목의 자리를 사람이 대신해야 할 도리뿐이다. 허겁지겁 바삐 돌아가는 현실에서 겉도는 신체와 정신을 붙들어줄 가족이 해답이다. 두들겨 맞아 멍든 가슴을 풀어 줄 수 있는 것은 사람이다. 다시 아침을 맞고 대문을 나설 용기를 주는 이는 식구들이다. 거처한다는 의미는 육체와 정신을 편하게 하는 일이니 내면적인 것이 함께해야 하리라. 생계를 잇기 위해 찌든 남편을 위로해 주고 경쟁에서 지친 아이들을 북돋워 줄 안식이 있는 집이 되면 좋겠다. 이익만을 추구하는 삶이 아니라 의로움을 좇는 인생을 가르치는 집이 되면 더욱 좋겠다. 힘겨울 때 돌아가고 싶고 치유가 있는 집은 명당이다. 나는 살가운 정을 내어주는 집이 되고 싶다. 언제라도 미소로 기다리고 있으리라는 믿음이 가는 그런 집이 되고 싶다.

별을 새기다

별을 따 주겠다는 말이 아직도 유효 기간 안에 있는지 의심이 갔다. 여간해서는 맨 눈으로 보기 힘든 구경이 되어 버린 지도 오래다. 마음먹고 떠난 여행길에서 인공의 불빛들이 사라지고 검은 깊이의 하늘이 쌓여야 비로소 선명하게 드러난다. 환상이나 아련한 정서와는 담을 쌓고 사는 처지라 별 타령은 자연히 내 몫이 아니었다.

어릴 적 맘속에도 별은 까만 밤하늘에서 반짝여야 한다고 단정했다. 여름방학이면 외가의 너른 마당에 놓인 평상에 누워 이름도 모르는 별자리를 찾아 나섰다. 아는 것이라고는 고작 은하수 밖에 없었어도 어디서 귀동냥을 해 온 백조자리, 거문고자리를 찾겠다고 여름밤을 헤매고 다녔다. 그 무렵에도 별은 스스로 빛을 내는 항성이며 광속으로 여행해야만 닿을 수 있는 거리에 있다고 과학책으로 접근했다.

시간은 때로 거꾸로 흐르기도 하여 굳어져야 할 심장을 오히려 말캉하게 만드는 모양이다. 아줌마라는 이름을 얻은 지도 오래인데 이제 와서 별을 탐내고 있다. 물리적으로는 닿을 수 있는 거리에 있지만 현실적으로 따지자면 백조자리보다 먼 곳에 자리잡은 스타를 동경한다. 여름방학 한 귀퉁이에서 올려다 본 은하수보다 더 오래도록 목이 빠져라 스타를 응시한다. 감성의 지배를 받아 허상에 매달리기 쉬운 사춘기 무렵에도 눈길 한번 주지 않던 연예인이었다. 늦깎이로 새삼스레 아이돌에게 관심의 촉수를 세우다니 스스로도 받아들이기 어려운 노릇이다. 하지만 어쩌랴 마음속에 들어 온 스타에게 위안을 얻고 그를 통해 다른 나를 키우고 있는 것을.

얼마 전에는 작지만 솔깃한 소식을 들었다. 사람을 관찰하는 학문이라고 할 수 있는 인류학에서 사오십 대의 여성들이 연예인에게 열광하는 연유에 관심을 보인 논문이 등장했다한다. 사람살이의 한 단층으로 자리잡을 수도 있겠다. 뒤늦게 발동한 나의 열정이 유별난 행동이 아니라고 말해 주는 것 같아서 적잖이 안심이 된다.

대중문화평론서 『고독한 대중』에서 「스타란 무엇인가?」, 「스타를 먹고 사는 연예저널리즘」이라는 단락을 통하여 스타를 숭배하는 현상에 대해 곱지 않은 시선을 보내는 것을 읽은 적이 있다. 저자는 연예인의 만들어진 이미지와 신체적 용모, 젊음 그리고 연기력이 스타가 가지는 속성이라고 전한다. 이러한 의견에 반대하고 싶은 마음은 없다. 비현실적으로 아름다운 외모를 가진 배우가 나와서 연기하는 극중의 이미지가 보는 이를 사로잡는다. 연기자가 만드는 허상에 쉽게 심취하게 만든다. 또한 스타가 사용하는 물품을 구매하게 만드는 장치, 스타 한 명에게 집중되는 비효율적인 촬영 시스템의 문제도 지적했다. 고개를 끄덕이게 하는 점이 많았다. 저자의 논지에 반대의 뜻을 펼칠 여지도 없지 않았다.

출간된 지 십여 년이 넘은 탓인지 인터넷 환경이 대중문화의 형성과 전파에 준 영향을 간과한 것이 아닌가 하는 의문이 일었다. 이 책은 헐리우드 스타시스템에 바탕을 두고 저술하였다. 현재의 제작 환경은 당시와 비교할 수 없을 만큼 달라졌겠다. 전 세계적으로 한류의 붐이 형성되어 있기에 더 이상 외국의 상황에 크게 신경을 쓰지 않아도 되는 형편을 갖추었다. 또한 인터넷이 만들어 낸 거대한 팬덤이 프로그램의 내용에까지 적극적으로 실력을 행사하여 스타의 영향력에 크게 뒤지지 않을지도 모를 일이 되었다.

팬클럽은 자신들이 지지하는 스타의 이미지를 높이기 위하여 스타의 이름으로 기부 활동을 펼치기도 한다. 나도 이런 기부 행사에 참여한 적이 있다. 스타를 위해 봉사활동을 함께

하는 일도 주저하지 않는다. 한류 스타를 만나기 위해 외국의 팬들이 우리나라를 단체로 방문하여 관광수지 개선에도 한 몫을 하고 있다. 더이상 화면 속에만 존재하는 별로는 만족하지 않게 되었다. 별을 바라보는 일을 넘어 가지고 싶어하고 있나 보다.

밤하늘 별무리를 기다리기보다 스타를 만나기는 수월하다. 한가로운 주말 저녁이면 남편의 손을 잡고 영화관 데이트를 즐긴다. 좋아하지도 않는 함지박만한 팝콘과 음료를 기본 옵션처럼 껴안고 스크린 앞에 앉는다. 두어 시간 동안 여주인공도 되었다가 옆에 앉은 보통의 얼굴을 남자 주인공으로 둔갑시키기도 한다.

뱅글뱅글 제자리를 돌고 있는 것 같아 무료함이 찾아오면 목소리만 교환해도 무엇이 필요한지를 아는 친구와 극장 매표소 앞에 줄을 선다. 티켓과 커피를 나눠 들고 우리들의 스타가 나오는 스크린 속으로 빨려 들어간다. 그가 연기하는 대로 맘껏 웃었다가 울었다가 다 풀어내지 못한 달뜬 감정은 싸가지고 돌아와도 상관없다. 두 장의 영화표로 누리는 상상에는 아무런 제약이 없다. 달고 사는 집안 걱정일랑은 멀리 보내고 아름다운 기억만 남아있는 지난날들 속으로 이끌어 준다. 기찻길 같은 일상에서 잠시 비켜서게 한다. 행여 주인공처럼 고운 자태가 될까 하여 스타가 둘렀던 머플러를 사게 되어도 그 값어치보다 큰 행복을 얻었으니 허튼 돈을 쓴 셈은 아니리라.

　내게도 우연히 갈 길을 잃어 스타가 찾아오게 되지는 않을까. 그런 기적 같은 일은 상상만 해도 들뜬 박수가 나온다. 마음에 새로 새긴 별 하나로 먼지가 끼었던 감성이 때를 벗는다. 대중문화에 대한 날선 비판은 평론가의 몫으로 맡긴다. 깃털 같이 가벼운 대중의 심리라 해도 영혼이 없는 스타에 대한 집착이라고 몰아 붙여도 마음에 두지 않는다.

　젊음을 뽐내는 스타를 동경하면서 내 삶에 생기를 보탠다. 별은 스스로 빛을 뿜어 어두운 밤하늘을 밝힌다. 반짝거림이 사그라지는 내게 불씨 하나를 건네주는 것 같다. 가슴에는 별을 새기고 삶에는 불씨가 당겨지는 것 같다.

타임머신

동쪽으로 난 창에 아침 햇빛이 쏟아지면 반사적으로 일어나 아침을 준비한다. 겨울이 되어 해가 늦게 찾아오거나 여름 장마로 구름에 가려서 시간을 감지하기 어려울 때라도 몸속 깊숙이 저장된 신경세포가 작동한다. 태양은 어느새 나를 움직이게 하는 힘이 되었나 보다. 노을이 드리우는 부엌 창문은 저녁상을 차리게 한다. 태양계에 적응된 신체는 시계를 보지 않더라도 가야 할 위치를 알려준다.

늦은 오후 비밀번호를 누르는 소리가 나고 현관문이 열린다. 인기척이 들리고 아이가 집안으로 들어선다. 이름을 부르며 반가이 맞이한다. 살가운 마음이 일어나는 것은 언제나 어미만의 몫이다. 녀석은 시혜를 베풀어 주는 듯한 태도로 건성으로 반응한다. 학교생활은 어떠했는지 점심으로 나온 반찬은 무엇이었는지 이것저것 꿰어본다. 성의 없이 흘러나오는 대답을 남기고 방문으로 서로를 분리시킨다. 문 안에서는 가방을 풀어 놓는 소리가 들리고 연이어 컴퓨터 전원이 켜지나 보다. 가끔씩 친구들과 전화를 하는지 높은 톤의 웃음도 새어 나온다. 엄마를 그만두고 저 녀석의 친구 자리를 꿰차고 싶은 욕심이 일어난다. 저 투명한 웃음을 매순간 함께하고 싶다. 아들놈의 마음 한자리를 얻어 보려고 관심도 없던 장르의 노래를 듣고 축구도 본다. 팝송의 가사를 외우지는 못하지만 흥얼거리며 녀석과 리듬을 탄다. 남의 나라 축구 리그의 선수 이름을 외우며 얼굴과 연관지을 줄도 안다. 이런 것들이 매개가 되지 않으면 아들 녀석과는 다른 별나라 사람으로 살 수밖에 없다.

하루도 빼놓지 않고 같은 공간에서 함께 먹고 자고 숨쉬며 살아가고 있어도 채워질 수 없어 허전한 심정이 일어나는 것은 무엇 때문일까. 한 번만이라도 온전히 밀착된 감정의 교류를 가져본 일이 있었던가. 내 속에서 빠져나온 저 녀석에게서 나를 발견한 기억은 희미하다. 늘 그렇게 해왔듯이 이쪽은 해바라기 모양을 하고 있고 저쪽은 힐끔거리다 가버리는 모양새이다. 왜 우리는 얼굴을 마주하고 있을 때에도 서로를 읽어낼 수가 없는 것일까. 뒤통수에다 마음을 보내야 하고 때로는 언짢은 표정을 보여주며 지내야 하는지. 이 지루한 관계의 끝에 가 있고 싶다.

지난날 저맘때를 겪을 무렵 엄마에게서 느꼈던 괴리감보다 오늘 아들과의 간격이 더 크게 다가온다. 세대 차이와 함께 이성이라는 벽까지 떠안아야 하기 때문이다. 유전인자 속에는 틀림없이 어미의 한부분도 있을 터인데 어찌하여 한 오라기도 보이지 않는가. 저 녀석은 동떨어진 세계의 외계인처럼 여겨진다.

한 세대를 삼십 년이라는 시간 단위로 구분해 왔다. 이제는 이러한 숫자의 구획이 쓸모 있을까 하는 의심이 든다. 세상이 분주하고 눈 돌릴 틈도 주지 않고 변해가는 만큼 세대라는 기준이 점차 사라지리라는 예견도 해본다. 아니 이미 쓸모없는 구분이 되었는지도 모를 일이다. 요즈음엔 불과 몇 년 사이에도 N세대니 P세대니 하는 신인류가 등장하니 말이다.

아들과의 사이에는 삼십 년이라는 거대한 틈이 있다. 지금 내가 쏘이고 있는 태양빛을 저 녀석도 받고 있지만 사실 녀석은 삼십 년 후의 햇빛 속에 있는지도 모르겠다. 한 공간 안에서 그만큼의 세월은 극복되기 어려운 것이기에 함께 있어도 멀리 있는 듯이 애가 탄다. 이길 수 없을 것 같은 시간의 장벽은 유독 어미에게만 감지되니 그나마 다행이다. 우주 공간에서 홀로 서 있는 사춘기 소년에게는 작용되지 않는 모양이다. 그에게 나는 답답하게도 여겨지지 않는 투명인간 같은 신세이다.

아이에게 다가서고 싶은 욕심은 시간여행을 꿈꾸게 했다. 거꾸로 흐르는 시간의 운명을 타고난 벤자민 버튼이라는 주인공이 있었다. 인생의 절정기에 서로의 시간이 일치하여 사랑하는 사람과 깊은 교감을 나누는 순간을 가질 수 있었던 남녀가 등장하는 영화였다. 그들은 삶의 짧은 한 부분만을 함께 할 수 있었다. 단 한 번이라도 부모이기에 이해해야 하는 마음으로 바라보는 것 대신 진정으로 그의 불안과 고민을 알고 싶기에 시간의 간극을 넘어 보기를 소망했다.

미루어 짐작해야 하고 속 끓이고 서 있기 보다 같은 시간을 공유하며 동질감을 나눠보고 싶다. 수도 없이 다짐해서 얻어낸 이성으로 분별하기에도 우리의 시간차는 너무 크게 다가온다. 불현 듯 감당할 수 없는 감정이 일어날 때 옆에 두고 싶은 사람이 엄마가 될 수는 없는지. 시간 여행자가 되어 아들의 현재로 날아가는 환상에 젖는다.

많은 진지한 과학자들이 시간여행을 단순히 불가능으로 보지 않는다고 한다. 천재 물리학자 스티븐 호킹이나 미치오 카쿠 같은 이들이 시간 탐험의 가능성에 대해 이야기한다고 한다. 하지만 그들은 미래로의 시간여행은 가능할 수 있지만 과거로의 선회에는 곤란하다는 입장을 가지고 있다. 결국 꿈을 꾸기에도 허망한 소망이라는 결론이었다. 내일로 가보고 싶은 마음은 일지 않는다. 하루 또 하루가 지나면 돌풍을 가라 앉을 것이고 풍랑일듯하는 녀석의 속마음도 잔잔해지리라는 믿음이 있다. 그저 흐렸다 갰다 하는 방황의 시기를 함께 이겨내 주고 싶은 바람이 있을 뿐이다.

도움도 청하지 않는 '홀로 이겨내기'가 야속하기만 하다. 가슴앓이 후에 훌쩍 세상으로 떠나 버릴 것 같은 두려움도 숨어 있다. 엄마라는 이름만 지키고 있는 것밖에 아무것도 할 수 없는 무력감이 지치게도 한다.

어버이에게 시선을 모으게 될 때 부모들은 이미 우리에게서 멀어져 간다. 기다려 주지 않는 안타까움만 남긴다. 자식의 아픔을 나누고 싶지만 어린 자녀는 부모의 심정을 헤아릴 수 없다. 닿을 수 없는 서글픔이 메아리가 되지도 못한다. 어리석은 딸이었던 시절에도 시간은 스쳐지나 갔고 애끓는 어미가 되어서도 시간의 벽 앞에 서있기만 하다. 타임머신을 가질 수만 있다면 꿈으로만 남겨두지 않을 터인데 허망한 바람인 줄 알면서도 곁눈질을 해본다. 시간의 괴리를 이길 수 있는 길은 갚을 수 없는 사랑을 받을 수 없는 곳에 베풀어야 한다는 한 가지 인가 보다.

실크로드

나는 고3엄마다

　모두들 굳어 있다. 눈동자만 쉴 새 없이 굴리며 눈치를 본다. '얼음'이라는 말은 한 번도 한 적이 없다. 내가 '땡' 하는 소리를 하지 않으면 아무도 움직일 수 없는 '얼음 땡' 놀이를 하기라도 하는 것 같다. 이유 없이 불퉁거려도 지금은 제 정신이 아니라서 그러려니 하며 다들 알아서 이해를 해준다. 함부로 전화도 하지 않는다. 우연히 길에서 마주친 친구는 좋은 소식이 있으면 연락을 해 달라고 신신당부를 한다. 먼저 전화하기가 조심스러워 하는 말이니 잊지 말라고 잡은 손을 흔들어댄다. 친정 엄마는 눈치가 보여서 말도 제대로 못 붙이겠노라고 하소연을 한다. 뭐 어쩌기라도 했다고 억울한 소리를 하느냐 말이다. 생색은커녕 누구라도 우리집에 고3아이가 있다는 사실을 잊어주었으면 하는 바람이었다. 나중에 목표한 결과가 나오면 별일 아니라는 투로 알려주고 싶을 뿐이다. 티를 낸 적은 한 번도 없는 것 같은데 엄마며 친구들이 한목소리로 내 눈치만 살피고 있다고 쑤군거린다.

얼마 전 일이다. 좀처럼 울리지 않아서 고장인가 싶었던 전화벨이 집안을 들썩거렸다. 살얼음판 같아서 전화도 못하겠노라는 엄마의 목소리였다. 어찌나 살벌하게 굴었던지 몇 번이나 망설이다가 수화기를 들었다 하신다. 대학입학 수시 원서 접수가 마감되었다는 소식을 들었나 보다. 몇 군데나 원서를 넣었는지, 어느 대학에 지원했는지, 궁금해서 견디다 못해 물어 본다는 사연이었다. 며칠을 이렇게 말할까, 저렇게 에둘러 볼까 하다가 고민 끝에 우리집 전화번호를 눌렀다고 전한다. 내가 무슨 벼슬이라도 한다고 주변 사람들을 힘들게 하나 싶었다. 돌이켜보면 지인들의 자녀가 입시생이었을 때 저절로 몸은 낮춰졌고 분위기도 살폈었다. 행여나 마음을 불편하게 할까 하여 되도록이면 연락을 삼갔던 기억이 떠올랐다. 따로 설명이 필요 없는 고3엄마의 중압감을 짐작했었던 것이 틀림없다.

아무리 끌어올리려고 해도 눈꺼풀은 주책없이 내려앉았다. 지하철 객차 안 한 귀퉁이에서 꺼져가는 정신줄을 잡아당기려고 안간힘을 썼다. 다리마저 말을 듣지 않고 흐느적거렸다. 애써 말짱한 척을 해 보았지만 누가 봐도 침대에 들어가기 직전의 꼴이었다. 나라에서는 고3엄마 전용 심신허약자석이라도 내놓아야 한다. 열악한 환경에서 내일의 일꾼을 키우는 엄마들에게 대중교통 이용에서라도 편의를 제공해야 마땅하다고 누구도 듣지 못하게 웅변했다.

지난해 말부터는 아이의 입시 준비로 동분서주해 왔다. 학교에서 하는 입시 설명회에다 유명한 대입 전문가가 한다는 설명회까지 쫓아다녔다. 무슨 전형방법이 그렇게 많은지 몇 번을 들어도 알아들을 수가 없었다. 손에 들고 있는 국자를 찾겠다고 수납장을 수십 번씩 들쑤시는 처지에 천 가지가 넘는다는 전형방법을 어찌 꿸 수 있단 말인가. 수도 없이 들어도 이해할 수 없는 난수표 해독과도 같은 것이었다. 더구나 자기소개서 쓰는 방법에다가 논술시험 대비법까지 알아두자니 느슨했던 뇌세포에 과부하가 걸리는 듯이 머리마저 빽빽해왔다.

우리 부부가 고3 부모가 되고 나서는 다투는 일이 많아졌다. 입시는 나 몰라라 하던 남편이 뒤늦게 관심을 보였기 때문이다. 겉으로는 미리 전형방법에 대한 공부를 해두지 않았다고 타박을 하지만 정작 보이고 싶은 속내는 집에서 뭐하느라 애가 저것 밖에 안 되느냐는 질타일 게다. 남자들 모임에서도 이야기가 돌고 돌다가 결국에는 자녀 문제로 귀결된다는 말을 심심찮게 들었다. 자신은 뼈가 부서져라 열심히 일해서 학비며 생활비를 벌어다 주었는데 대입을 코앞에 두고서야 예상했던 것과 다른 현실을 대하고 보니 아내에게 화풀이라도 하고 싶은 심정을 어찌 탓하겠는가. 술자리에서도 자식 때문에 목소리가 줄어드는 모양새가 씁쓸했을 터이다. 어떤 위로의 말도 소용없을 것임을 알기에 그의 어깨만 토닥여 줄 밖에 없다.

아침밥을 겨우 한술 뜨고 학교에 갔던 아이가 휘영청 밝은 가을달을 지고 집안에 들어선다. 처진 어깨와 힘없는 발걸음을 대하니 절로 가슴이 아린다. 수능시험일이 다가올수록 부담감이 커지는 모양이다. 곪아터지기도 하고 딱지가 앉기도 해서 얼굴을 온통 뒤덮은 여드름이 "나 정말 힘들어요." 라고 대신 말하는 것 같다. 밀려오는 안타까움이 아이의 등뒤에 매달린 커다란 가방보다 더 큰 무게로 어미의 가슴을 짓누른다.

인스턴트 음식은 몸에 해롭다고 여간해서는 밥상에 올리지 않았다. 고기도 자주 먹으면 이로울 게 없다고 먹는 횟수를 제한하였던 터이다. 아이의 까칠해진 위장이 음식도 제대로 받아주지 않는다. 이제는 무엇이든지 입에 맞는 반찬을 해주고 싶어서 햄이든 고기든 가리지 않는다. 도시락을 싼다. 하루에 한 끼도 제대로 먹지 못하는 아이가 안쓰러워 밥을 챙긴다. 이 음식을 먹고 조금이라도 기운이 보태지면 좋겠다 싶어 이것저것 준비해 본다. 깨끗이 비워진 도시락을 보면 잘 먹었다는 말 한마디가 없어도 미소가 번진다.

애야 너는 지금 인생의 아주 작은 강물 앞에 섰을 뿐이다. 이제 몇 걸음만 더 디디면 넘어설 수 있을 것이다. 길게만 여겨졌던 삼 년이라는 시간도 벌써 끝자락에 와 있다. 조금만 더 견뎌 내거라. 지금까지 한눈팔지 않고 열심히 건너온 너이기에 결과보다는 노력에 먼저 박수를 보낸다. 끝까지 달려가거라. 마지막까지 최선을 다한 사람에게 결과를 기다릴 자격이 주어지는 법이다.

고3엄마라 하여 엄살을 부려본들 당사자의 초초함에는 비할 바가 되지 못한다. 쳐다만 봐도 애가 타는 심정을 씩씩한 격려로 바꾸어야 힘이 될 것 같다. 대학문을 여는 일은 아이에게 맡겨 두고 지친 어깨를 두드려줘야겠다. 맛있는 밥을 신나게 해야겠다. 한술만 먹어도 기운이 돋을 그런 밥을 해야겠다.

실크로드

가끔씩 산길을 오른다. 그 길은 봄이어도 좋고 겨울이어도 상관이 없다. 그저 참고 숨이 턱에 차오르는 것을 즐기며 발걸음을 옮길 뿐이다. 정상에 다다르기까지 쉬는 일도 거의 없다. 신체의 한계를 알고 싶은 것인지 목적은 오직 꼭대기 그곳이다. 계절을 느끼게 해주는 나무들의 변화도, 산새의 지저귐도 귓전에서 사라진다. 시간이 흐를수록 무거워 오는 다리를 당겨 놓으며 인내하는 스스로를 대견해 한다. 함께하는 동행들은 한마디 건네지도 않고 걷기만 하는 내 모습이 비구니 같다고 놀려댄다.

드디어 견디어 낸 이유를 찾는다. 더 오를 곳 없음이 정상이 아니라 시선 닿는 전부가 발아래인 지점이다. 멀리, 더 멀리 겹겹이 싸인 산들 저 너머가 보고 싶다. 사방 어디에도 솟은 봉우리와 골짜기뿐이다. 가슴 깊은 곳에서 숨겨 놓은 빛바랜 꿈이 의지와 관계없이 새어 나온다. 어떤 유혹에도 흔들림이 없어야 한다는 불혹을 지났음에도 그곳은 예외 없이 마음을 요동치게 한다.

대학 졸업을 앞두고 취업 준비로 도서관을 드나들 때이다. 어느 날 신문에서 본 벽화 하나가 행로를 바꾸어 놓았다. 끝도 없는 산등성이를 지나 메마르고 뜨거운 모래바람이 부는 중앙아시아 사막을 밟고 싶었다. 모래언덕을 뚫고 물 한 방울 찾아보기 힘든 척박한 곳에 숨겨진 동굴, 부식시킬 습기조차 허락되지 않아 오랜 세월에도 고이 간직될 수 있었던 벽화, 그 그림이 그려진 둔황 막고굴을 동경했다. 모래 태풍이 이는 험난한 길을 오고간 이들의 옛이야기가 궁금했다.

낙타 등에 짐을 싣고 걷기만 했을 터이다. 얼마나 걸릴지 기약 없는 교역길을 지나며 고단한 시간을 위로하기 위해 벽을 종이 삼아 그림을 그렸을까. 목숨을 담보한 고행길에 안전하게 인도해 달라고 신들에게 염원을 그려 바쳤을까. 잠시의 휴식으로 용기를 얻으며 다시 묵묵히 걷기 시작했을지도 모른다. 그 길이 이어져 중국에서 유럽까지 다다른 비단길이 되었다. 실크로드라는 단어 자체야 얼마나 매혹적인가. 누구라도 보드랍고 매끈한 그 길 위로 가고 싶지 않겠는가. 비단이 전해진 통상로는 삶의 몸부림의 흔적은 아닌지. 어디 사막뿐

이랴, 몸 하나로 버티며 지구의 지붕을 가로지르기도 했으리라. 험준한 산맥을 오르내리고 모래 바다를 건너면서 비단을 나르고 종이를 옮겼을 것이다. 자신들의 행로가 훗날 인류의 문명을 실어 나른 위대한 발걸음이 되리라는 사명감 따위는 없었을지도 모른다. 그저 척박한 삶을 이어가기 위한 수단에 불과했으리라.

실크로드로 가기 위해 채비를 차렸다. 대학원에 진학했다. 신기루처럼 손짓하는 비단길은 눈을 가리게 만들었다. 오직 그곳으로만 향하고 있었다. 한 학기를 지나면 그만큼 꿈의 길에 가까워진 듯했다. 함께 가고 싶은 사람도 만났다. 같이 가면 더 쉬운 줄 알았다.

준비 없이 달려간 길에서 부딪힌 일들을 감당하기에는 너무 어리석은 사람이었다. 새로운 가족을 만든다는 것은 응원군을 만난다는 사실이 아니다. 꿈길을 위해 배낭을 꾸려주고 나침반을 손에 쥐어주는 가이드를 가지게 되는 것이 아니다. 서로를 알아가는 시간과 각자에 대한 배려와 때로는 희생을 필요로 한다. 친정 부모님은 언제나 무조건적인 지지자였다. 당신들의 헌신이 특별하다 여겨 본 적이 없었다. 지독한 이기심에 사로잡혀 혼자서만 질주하는 모습이 부끄러운 것인지 알지 못했다.

18세기 말경 신화 속에 묻혀 있던 트로이를 발굴해 낸 독일인 하인리히 슐리만이 떠오른다. 그는 어릴 적 동화책 속에서 불타는 트로이를 보고 언젠가는 그곳을 찾아내고야 말겠다고 결심한다. 소년 시절의 목표를 실현하기 위해 먼저 엄청난 부를 축적하고 그리스 여인과 결혼한다. 모은 재산을 바탕으로 그리스어를 할 줄 아는 안내자를 아내로 맞이하고 열정을 다해 발굴 작업에 몸을 던진다. 준비된 열정은 결국 전설 속의 호메로스 이야기를 역사로 만들었다.

욕망만 가득하고 현실감 없는 자신을 돌아보지 못한 형벌은 가혹했다. 학교생활 이외에는 모든 것에서 어설펐다. 받는 것밖에는 모르는 나이 든 어린아이였다. 설자리를 제대로 파악하지 못하고 지은 모래성은 금세 흘러내린다. 하늘이 주신 첫 번째 생명을 지키지 못하고 떠나보냈다. 이기심에 갇혀 있던 내게 하느님은 살이 찢기는 형벌을 주셨다. 이천여 년 전 돌아올 기약도 없이 수레와 낙타에 비단을 싣고 떠나던 사람들은 조금이라도 더 벌어오기 위해 자신들의 먹거리는 줄여서 짐을 꾸렸는지도 모른다. 모래가 얼굴을 때리고 광풍이 발걸음을 막아도 기어이 뚫고 돌아가고자 했으리라. 손꼽아 기다리는 피붙이들에게 허리가 휘어져라 등짐을 지고 돌아가고자 하지는 않았는지…. 목숨을 건 행로에는 오직 처자식들이 있었으리라.

내 모습을 비춰 본다. 남편과 친정 부모님이 주시지 않으면

책 한 권 살 수 없는 무능력자였다. 아이를 가진다 해도 시부모님이 돌봐주지 않는다는 것은 상상조차 할 수 없었다. 손을 잡고 함께해야 하는 생활인이 되었으면서도 업혀 있으려고만 했다. 가야 할 방향을, 생명을 잃고 나서야 비로소 찾을 수 있었다.

낮에는 뜨거운 태양의 열기를 받아 불같이 타오르고 밤이면 송두리째 빼앗겨 강풍이 몰아친다. 아무리 둘러봐야 몸뚱이 하나 숨길 곳이 없다. 모래와 불과 바람이 몰아치는 땅으로 가고자 신기루를 좇았다가 다시 얻은 아이를 지키려고 현실로 돌아왔다. 돌아선 길에서 비스듬히 보이는 예전의 실크로드는 가끔씩 달콤한 속삭임으로 살아나기도 한다.

가지 못한 길은 더 아름다워 보이는 법이 아닌가. 자신만을 위해 걸어가기를 포기하니 성장시켜야 할 아이들과 같은 곳을 바라보는 동반자가 옆에 있었다. 스스로를 빛내려 애쓰기보다 앞날을 밝혀주고 안내해 주는 도우미로 살아간다. 산들바람이 일다가 태풍이 불다가 모래산이 옮겨진다. 두 발로 걷는다. 참는 것이 아니라 이겨낸다. 묵묵히 걷다 만나는 오아시스는 생활의 활력소이다. 삶의 시간은 쌓여서 지혜가 된다. 고통은 상처로만 남는 것이 아니라 때에 맞춰 감당할 줄 아는 책임감 지닌 존재로 만든다.

나는 인생의 비단길을 가는 카라반이다.

너를 보낸다

한여름 이글거리는 태양의 기세에 눌려 맥을 추지 못했다. 낮이고 밤이고 열기를 뿜어내는 날씨를 중계하느라 뉴스도 연일 허덕이는 것 같았다. 초여름부터 시작된 더위의 맹렬함이 고단한 시간을 예보했었다. 무더위가 상징이 되어버린 도시에서 살아온 터라 다른 여름들처럼 또 지나가리라 믿었다. 푹푹 찌는 날씨는 늘 그러했듯이 견디다 보면 지나갈 터이고 텁텁한 공기를 밀어내는 선선한 바람이 불어오리라 여겼다. 설마 가을의 서두가 어른거리기도 전에 백기를 들게 될 줄은 몰랐다.

내리쬐는 햇볕을 조금이라도 더 피해보려고 양산에 색안경으로 무장을 하고 집밖으로 나섰다. 지열이 종아리를 타고 올라왔다. 타들어 갈 듯 데워진 공기는 숨통을 막았다. 의지와 상관없이 미간이 제멋대로 구겨졌다. 발걸음은 절로 느려지고 뜨거운 대기를 원망하는 감탄사가 터져 나왔다.

눈앞에 보이는 버스 정류장 의자에는 먼저 자리를 잡은 어르신 두 분이 연신 부채질을 했다. 풀어헤친 앞섶하며 걷어 올린 바지자락이 더위에 항복한다는 깃발처럼 늘어져 있었다. 엉거주춤하니 한쪽 귀퉁이의 그늘에 섰다. 뒤이어 대학생으로 보이는 세 남자가 정류장 안내판 앞으로 다가왔다. 긴 청바지에 운동화 차림도 있고 반바지에 슬리퍼도 보인다. 여름을 한껏 차려입었다. 그들의 보송한 얼굴에는 더위의 흔적을 찾을 수 없다. 뙤약볕 아래에서도 웃음이 이어진다.

얼마 후에 버스가 도착하고 우연히도 세 청년과 함께 같은 차에 올랐다. 시원한 냉방차가 제 정신을 차리게 만들었는지 웅얼거림으로 번지던 그들의 대화가 귀에 들어오기 시작했다. 여름 산행을 준비하는 모양이다. 창밖으로 내가 탄 버스를 놓치지 않으려고 뜀박질로 쫓아오는 여학생이 보인다. 커다란 가방을 등에 메고 숨가쁘게 달리면서도 얼굴 가득 웃음을 머금었다. 차가 멈춰 서자 안간힘을 쓰던 여학생이 숨을 몰아쉬며 버스 계단을 올라온다. 어디서 나타났는지 지난날의 나도 숨고르기를 하며 뒤따라 왔다.

여름방학이 시작되기도 전에 하고 싶은 일들을 줄로 세웠다. 내리쬐는 태양을 피할 이유를 몰랐기에 긴 하루를 빼곡히 채울 준비에 들떴다. 아침이면 일찍 도서관 책상 위에 가방을 얹었다. 에어컨이 돌아갈 때까지 부채질을 해가며 책장을 넘겼다. 한낮에는 햇볕을 고스란히 머리에 이고 테니스코트를 누볐다. 친구들과 짝을 지어 흙먼지가 일어나는 운동장에서 공을 쫓아 뛰어다녔다. 시원한 물 한 잔을 들이키고 나무그늘 아래에서 잠시 땀을 훔치다 보면 후끈거리던 얼굴도 금세 가라앉았다.

설악산이며 지리산 산행은 또 얼마나 가슴을 두근거리게 했었던지. 구름 한 점 없는 공룡능선에서 바라보던 설악의 깊은 녹음은 해저 구만 리의 심연인 듯 서늘했다. 펄떡이는 심장은 터질 듯이 뜨거웠고 눈앞에 펼쳐진 짙푸른 수풀은 가슴을 뭉클하게 만들었다. 연초록으로 하늘거리는 잎새들이 아니었다. 태양을 버티고 서서 얻어낸 암녹색 갑옷을 입은 나무들이었다. 그들을 향해 너 나 할 것 없이 탄성을 질렀다. 우리도 저런 모습이 되자고 말없이 눈빛을 교환하기도 했다.

지금 버스 안의 청춘들도 산을 오르며 거친 심장의 박동을 느낄 것이다. 책과 씨름하며 목표 지점에 다가가려고 기를 쓸 터이다. 여름의 한가운데 서 있는 그들에게 눈길이 고정된다. 숨길 수 없는 부러움이 비집고 나온다. 부러움은 가질 수 없을 때 일어나는 감정이 아니던가. 같은 공간 안에 있자니 늠름한 나무 밑에 떨어져 물기가 가신 나뭇잎 같다는 생각이 든다.

현재를 남김없이 즐기고 내일을 위해 오늘을 전력으로 달릴 열정이 사라졌다면 청춘과는 거리가 멀어진 게다. 여름이 지치고 고달파서 어서 가을이 오기만을 기다리고 있으니 내 젊은 시간은 진작 끝이 난 게다. 아직도 물리적인 나이를 인정하지 못할 때가 많다. 아직은 괜찮다고 우기고 싶지만 그들 곁에 선 나는 지친 기색이 역력하다. 달리고 오를 일이 없으면 인생이 다하기라도 하는 양 절망적인 생각이 일어난다.

삶은 종종 자연의 모습을 그대로 닮았다는 소리를 듣는다. 들끓는 계절을 지나면 무르익는 시간을 선물한다. 숨막히는 더위를 꿋꿋이 이겨냈으니 다음에는 흔들리며 익어가는 바람을 맞을 차례이다.

버스 정류장에서 만났던 어르신들에게도 세 청년과 같은 시절이 있었을 터이다. 분명 나 같은 시간도 지나왔을 일이다. 이미 가을을 넘어선 그들이다. 부채질을 해가며 "덥지요. 그래도 벼는 잘 익을 겁니다." 하고 처음 만나는 사람들에게도 여백 있는 여름 덕담을 던지는 연배들이다. 겪어보니 그렇더라는 말이다. 힘들어 못 견디겠다는 표정을 색안경으로 가린 나와는 달랐다. 햇볕 덕분에 과실은 탐스럽게 익을 것이며 설익은 청춘도 견고해질 것임을 지나보니 알겠더라는 말이다.

여름을 지나며 더 이상 성장이 내 것이 아님을 깨닫는다. 떠나가는 계절을 잡을 수 없듯이 인생의 시간도 붙잡고 늘어지는 게 능사가 아님을 배운다. 시간은 흐르고 나도 때에 맞추어 흘러가야 함을 알아간다.

달리는 것이 성장이라면 견디는 것은 성숙이리라. 열매가 영글어 가는 서늘한 가을을 기다렸으니 이제는 속을 채워가는 것이 옳은 순서이다. 자꾸 지난여름을 돌아볼 일이 아니다. 늦었지만 마음에만 묶어 놓은 청춘을 놓아주어야겠다. 제대로 즐기지도 못하는 여름을 보내주어야겠다.

꼬맹이 적부터 이렇게 자라라 저렇게 크거라 하는 말은 들었어도 그 이후에 관해서는 가르침을 받은 적이 없다. 청춘예찬에는 침이 마르지만 중년이나 노년이 되기를 바라는 노래는 들어 본 기억이 없다.

'해가 지는 서쪽은 성숙한 지혜의 방향이다.' 인디언의 읊조림을 읽은 적이 있다. 일일이 가르쳐 주지 않아도 시간의 지혜가 가리키는 대로 따라가면 될 거라는 암시인가 보다. 여전히 중년을 반기지는 못하겠다. 허나 부채질 하나로 더위 속에서도 여유롭던 어르신들을 떠올리면 손사레를 치지는 않겠다.

나도 모르게 선선한 바람을 마중하고 있는 것처럼 인생의 흐름을 거부할 수 없는 때가 닥쳤나 보다. 성숙한 지혜의 방향으로 가보고 싶다는 생각이 슬며시 고개를 든다. 가을의 길목에서 겨우 너를 보낸다.

거울 앞에 앉는 시간

거울 하늘은 빈틈없이 단단하다. 온기가 모자라 얼어붙은 시린 파란색이다. 추위에 움츠러든 종종걸음마냥 대기도 바쁜 듯 천천히 움직이는 것 같다. 구름도 쉬이 다가오지 못하게 하고 저만치서 파랗게 굳었다.

물, 수증기, 얼음은 같은 바탕이지만 다른 모양을 가졌다. 이들 중에 얼음은 유독 안쓰럽게 보인다. 한순간 깨져버리면 정체성을 잃어버리기 때문이다. 얼음이라는 모습을 바꾸지 않으면 혼자서는 다른 곳으로 옮겨갈 수도 없으니 더욱 그러하다. 차갑다는 성질 속에 숨어 있는 부정적인 의미도 한몫을 보탠다.

그나마 위로가 되어주는 모습은 여름날 빙수로 갈렸을 때이다. 차가움이 입안의 즐거움으로 변하는 순간이다. 또 있기는 하다. 겨울날 커다란 빙판으로 굳어졌을 때이다. 얼음장 위에 선 아이들의 높은 웃음소리를 만들어낸다. 단단함도 유쾌함이 될 수 있는 시간이다.

지난날의 나는 한 가지밖에 모르는 고지식한 사람이었다. 차가운 이성이 최고의 가치라고 생각했다. 정이라는 말로 두루뭉술하게 얼버무리는 인간관계가 마뜩찮아 보였다. 시시콜콜한 사정 따위를 늘어놓는 데에는 아예 귀를 막는 시늉을 했다.

자신의 이야기를 뱉어 내야 하는 수필을 쓰게 될 줄은 상상으로도 해 본 적이 없다. 교통사고처럼 수필을 만났다. 낯선 친구는 내 손에 거울을 쥐어주었다. 오래도록 덧씌워 내 것인 양 단단해진 표면을 걷어내고 술술 일렁이는 물결을 자세히 들여다보라고 부추겼다. 그랬다. 여인네가 거울을 모르고 살았다. 가방 속에 손거울 하나도 지니지 않았다. 제 얼굴도 자세히 들여다본 적이 없으니 그 속의 실체는 말할 나위가 없었다.

대학시절 친구들이 화장품 가게를 순례할 때 충직한 가방 지킴이 역할을 도맡았다. 분칠로 얼굴에 공을 들여야 할 이유가 없다고 여겼다. 유행하는 옷을 사겠다고 쇼핑에 열을 올린 기억도 나지 않는다. 한여름에 유학을 떠난 오빠가 그리워질 적이면 벗어두고 떠난 덤벙한 오빠의 점퍼를 꺼내 입고 가을을 보냈다. 거울에 비친 겉모습이나 사람들 눈에 보이는 외연에는 의미를 두지 않았다.

몇 해 전에 친구로부터 생각지도 못한 사실을 전해 들었다. 4년 내내 공부모임으로 붙어 지내던 아이였다. 서로가 알고 있는 우리의 그때 모습은 마치 다른 사람을 두고 하는 말 같았다. 나의 옷차림은 늘 최신 유행이었고 화장기만 없었을 뿐이었지 한껏 꾸민 여학생이었다고 했다. 그 또한 당차고 영특한 친구로만 알았었는데 점심값이 없어 늘 굶고 다닌 아이였음을 고백했다. 언제나 일등은 그의 몫이어서 부럽기만 했는데 장학금 없이는 학교를 못 다닐 형편이었다니 말문이 막혔다.

한순간에 무너져 내렸다. 우리가 함께 보낸 시간이 껍데기에도 미치지 못했다니. 그 친구의 사정을 털어놓도록 분위기를 마련해 주었더라면 따뜻한 점심을 나눠 먹을 수 있었을 것이다. 장학금으로 받은 금쪽 같은 돈을 풀어 놓으라고 조르지도 않았을 것이다. 후회와 부끄러움이 덮쳐 왔다. 얼굴을 똑바로 볼 수조차 없었다.

고개를 떨군 내게 그래서 오랜 친구가 될 수 있었다고 말했다. 어떤 옷을 입었는지 어떻게 사는지 궁금해 하지 않아서 오히려 고마웠다고 했다. 그의 해석은 너그러웠지만 한참 잘못되었다. 친구의 아픔을 알아차릴 관심이 없었던 나는 눈뜬

장님이었다. 그의 자취방에 쌓여 있던 누런 호박을 보면서 나도 호박죽을 좋아한다고 입맛을 다신 일을 지울 수 있다면 얼마나 좋을까.

언제나 기준점은 나였기에 시련 축에도 들지 않는 호사스러움을 가지고 호들갑을 떨었다. 비좁은 나만의 틀 안에서 생각하고 판단했다. 어느날 수필이 부딪혀 오지 않았다면 귀를 닫고 살았을 터이다. 책에서만 만나는 철학이론에 따라가려고 기를 썼을 일이 틀림없다.

타인의 작은 사연에 마음이 움직이고 고개를 끄덕이게 되는 것이 수필의 힘이지 싶다. 어리석은 지난날이 후회로 끝나지 않고 삶의 지혜로 확장되게 하는 조력자인 것 같다.

내게 수필은 거울 앞에 앉는 시간이다. 자세히 들여다본다. 편협한 내 눈이 아닌 세상이 만들어 준 거울로 비춰 본다. 부드럽게 녹아들고 유연하게 흐르는 타인들을 보여준다. 수고 없이 받은 것들에 감사하라고 한다. 상처는 작아지고 주위를 돌아보는 눈이 밝아지는 것 같다.

흉내쟁이

위인전집은 아버지만 남기고 바래져 갔다. 쉰 권이 넘는 빨간 표지의 소년소녀 위인전집은 아직도 그 색깔만큼이나 또렷한 인상으로 남아 있다. 아버지는 잊을 만하면 전기 속 주인공에 관하여 질문을 던졌다. 한 질을 들여놓은 후부터는 숙제 검사처럼 슈바이처는 왜 가난한 사람에게 관심을 가졌는지, 링컨이 어째서 수염을 기르게 되었는지 캐물었다. 한 번도 당신이 그들을 속속들이 알고 있다는 믿음을 버린 적이 없었기에 테스트를 통과하는 심정이 되어 갖은 애를 썼다. 어떤 인물을 좋아하는지 누구를 닮고 싶은지는 관심사가 아니었다. 어렴풋이 기억 저편에 퀴리부인의 전기는 기껏 누구의 부인이라는 이름을 달아야 하느냐고 불만을 품었다는 조각들만 떠다닌다.

예고도 없는 물음에 도망치고 싶은 적도 있었지만 그 시간이 영 싫지는 않았다. 맞으면 맞는 대로 과분한 칭찬을 상으로 받았다. 엉뚱한 답이 나오면 "어허" 한마디뿐이었다. 그리고는 위인전의 활자화된 성취담과는 견주지 못할 역사의 뒷이야기를 덤으로 해주었다. 경주에 사는 아무개 부자는 어떠했으며 무슨 서원을 세운 이의 사연은 이러했더란다 하는 전설 같은 후일담을 펼쳐놓았다. 때로는 위인들과 아무 상관이 없는 곳으로 흘러가버렸지만 귀를 쫑긋 세웠던 동생들과 함께 아버지의 이야기보따리 안에서 넋을 잃었다.

우리들이 떠안은 책들을 거의 섭렵했을 무렵에는 자연스레 문답 시간도 흐지부지되었고 빨간 표지도 발길에 차이는 신세가 되었다. 스스로도 위인전기 따위는 현실과 거리가 멀다고 다시 펼치지 않았다. 치기 어린 생각으로 종잇장 속에서 박제된 인물은 따라하고 싶지 않았다. 사춘기 아이들이 그러하듯이 하루는 종군기자를 그려 보다가 다음날은 이 시대를 새로이 이끌 사상가가 되겠다고 허세를 부렸다. 희망은 망상의 다른 이름이었고 장래의 꿈은 허공을 떠다니고 있었다. 먼지를 뒤집어 쓴 채로 자리만 차지하던 빨간 책장은 고물수집상에게 넘겼는지 어느 사이엔가 자취를 감추었다.

마음은 이미 성인이 되어 아버지의 자리가 작아지고 있었다. 갓 중학생이 되어 어른인 양하던 나에게 같은 반 친구라며 제법 큰 상자에 리본까지 매단 선물 하나를 건네주었다. 금테가 둘러진 비싼 액자를 받았다. 당시 최고의 인기를 누리던 홍콩 영화배우의 사진을 넣은 것이었다. 외국 배우가 어떻게 생겼는지 모르는 얼뜨기에게 왜 그런 선물을 주었는지 알 길이 없었다. 무슨 뜻이 담겨 있는지 물어보지도 못했다. 고맙다는 말을 할 이유는 더더욱 찾지 못했다. 이런 걸 받으면 어찌해야 하나 며칠 동안 머리를 싸매었다. 내 용돈으로는 한 푼도 쓰지 않고 한 달은 모아야 만질 수 있는 금액이라는 걸 알고는 아득해졌다. 개운치 않은 속내를 떨치려고 애써 봐도 허사였다. 인정하기 싫었지만 해결사는 아버지뿐이었다. 그 액자 값만큼의 돈이 필요하다고 떼를 썼다. 받은 만큼을 계산하여 선물로 돌려주고 석연찮은 관계를 청산하고 싶었다. 당신은 나의 통사정에도 아랑곳없이 지갑을 열지 않았다.

"친하고 싶다는 표시이니 그냥 받아라. 선물 값어치만큼 되돌려 주면 그 아이에게 더 큰 상처가 될 거다. 마음으로 받아들이고 친구가 되도록 노력해 봐라." 남의 사정을 살필 여지가 없던 처지라 속절없이 덤터기를 쓴 기분이었다. 아마도 그 액자는 열지 못한 내 마음처럼 한쪽 구석을 지키다가 벽에 걸려 보지도 못하고 자리만 옮겨다녔던 것 같다. 언젠가 이사를 다니는 통에 다른 쓰레기와 함께 버려지는 최후를 맞았을 터이다. 그 애와 어색한 채로 무거운 마음 빚만 떠안고 일 년을 보냈다. 우리가 다시 같은 반이 되는 일은 일어나지 않아 다행이었다.

내 친구와 한 반이 되기도 하고 꼭 붙어다니던 친구랑은 대학교 때까지 같은 과에서 공부했으니 인연이 없다고 하지는 못하겠다. 그의 이름을 입에 오르내릴 일이 사라져 가던 차에 소식이 닿아 몇 해 전에는 처음으로 한 밥상에 앉았다. 나는 목에 걸린 액자가 떠올라서 수저질이 뻣뻣했지만 그는 진심으로 반기는 미소를 잃지 않았다. 선물을 쥐어주던 시절 우리보다 더 자란 서로의 아이들을 연결고리로 삼아 긴 점심시간을 보냈다. 때때로 소식이나 전하며 지내자는 인사에도 손가락을 걸었다. 한참을 돌아 밥 한 그릇으로 대신하는 미안함을 쓱쓱 떠먹는 그가 고마웠다. 그때 당장 되갚아 버렸다면 흐뭇한 밥을 함께 먹는 날도 없었을 테지…. 아버지는 미리 알고 있었을까.

액자 사건 이후로 인간관계가 뜻대로 이루어진 적은 그리 많지 않았다. 정체 모를 손에 끌려가고 있다는 생각을 떨칠수가 없었다. 사람은 내가 선택하면 되는 줄 알았는데 원하지도 않는 친구의 친구와도 얽히고 모르는 사이와 진배없는 이의 선배와도 우연찮게 설켰다. 내미는 손길을 뿌리친다고 해도 누구 하나 나무랄 일은 아니었다. 그럴 때마다 마음을 거절하지 말라는 한마디가 다가와 스스로를 얽어맸다. 옳은 판단이었는지 그른 선택이었는지 아직은 결론을 내리지 못하겠다. 잘못하였구나 싶다가도 시간이 흐르고 나면 그게 아니었구나 하는 경우가 다반사였기 때문이다. 아직도 아버지가 시키는 대로 따라하고 칭찬받기를 원하는 어린이는 아닌데 자꾸만 당신의 밝은 미소를 찾아 두리번거린다.

사는 일이 숨에 차면 언제나 아버지 목소리가 들린다. 어깨가 처진 딸의 모습을 대하는 날이면 케케묵은 초등학교 때의 일화를 들춰내고는 추슬러 준다. 선생님의 질문에 아무도 대답하지 못하고 딴청을 부리는 아이들 틈에서 혼자 칠판 앞에 나아가 문제를 풀었다는 닳고 닳은 이야기를 꺼낸다. 커다란 이름표 아래에 손수건을 받치고 첫 등교를 한 녀석이 얼마나 대담했었던지 흥에 겨워 회상한다. 정작 당사자는 일어난 적도 없는 것 같은 순간을 기억해 내고 정말 대단했다며 엄지손가락을 치켜세운다. 당신이 주입시킨 멋진 일학년은 어려운 일을 만나면 자동으로 깨어난다. "넌 진짜 대단했어." 한마디가 "잘될 거야"로 변신하여 들려온다. 그리고는 "난 진짜 잘할 거야." 하고 자신을 토닥인다. 똑같은 말이 듣기 싫다고 남들 앞에서 꼬맹이 적 일화를 반복하지 말라며 귀를 막고 도망가던 때는 까맣게 잊어버리고 자꾸만 아버지 따라쟁이가 되어 가는 중이다.

그러고 보니 당신이 명작 동화의 내용을 물어 본 기억이 없다. 이야기보따리 속에도 온통 사람들뿐이었다. 위인전 문답 시간에도 존경받을 만한 이유라거나 승리를 일군 유명한 전투의 내용은 피해갔다. 사람에 얽힌 작은 일들이 전부였던 것 같다. 우리를 골탕 먹이려는 교묘한 방법을 쓴다고 툴툴거리기도 했다. 아버지가 우리들과 맞춰 가고 싶은 퍼즐은 그저 사는 이야기였던가 보다. 열심히 공부하라는 말, 착하게 살라는 당부 대신 나만 좋은 거 다 가질 수 없다고 일러주었다. 위인전이 빨간 표지로만 남은 사연은 나쁜 기억력 탓만은 아니다. 아버지와 사는 동안에는 위인들의 행적을 묻지 않으리라는 경험이 쌓인 때문이었다.

가끔 텔레비전에서 모창이나 유명인의 행동을 흉내내는 장면이 나온다. 사람들은 똑같이 하는 모습을 보면 놀라기도 하고 신기해서 박수도 친다. 누구를 따라하는 것인지 잘 알 때라야 웃음은 배가 된다.

나는 종종 혼자서 감탄사도 터트리고 피식거리기도 하는 자신을 발견한다. 어느새 아버지를 따라하는 내가 보인다. 아버지가 본다면 "어허" 할 일이겠다.

트랜스포머

　열쇠를 손에 거머쥐는 순간 쿵쾅거리는 심장은 변신의 예고편이다. 결코 물러서는 일은 없으리라, 내 앞에 어떠한 물체도 용납하지 않으리라, 전장에서 승리를 다짐하듯 비장한 눈초리로 시동을 건다. 엔진 소리가 가슴을 진동시킨다. 조금 전까지 차문 밖에 서있던 원래의 모습은 이제 막 무장한 갑옷 속에 쑤셔 박아 넣고 오직 스피드레이서로서의 임무를 다짐한다. 천천히 주차장을 벗어나 도로에 진입하기 전까지 호흡을 가다듬으며 다음 단계로 변신을 준비한다.

　드디어 출발이다. 목적지에 도착할 때까지 빨간불, 파란불 따위에 연연해서는 안 될 일이다. 최단 시간 내에 주행거리를 돌파하는 목표를 달성하려면 그 어떤 차도 내 앞길을 가로막는 일을 허용해서는 아니 된다. 만일 작전 수행에 방해가 되는 다른 차량이 앞에 나타날 시에는 반드시 추격하여 그 정체를 확인하고 응징해야 함을 마음에 새겨라.

추격전을 벌이는 중이라도 잊어서는 안 된다. 창문을 내리고 목청을 있는 대로 높여 상대방은 듣도 보도 못한 고품격 육두문자를 난사해 주는 일은 기본 중의 기본이다. 어설픈 여성 운전자는 제 집으로 돌아가라고 엄중한 경고를 날려야 하리라. 차량의 흐름을 몸소 느끼지 못하는 함량 미달은 도로 진입을 금지시켜야 한다고 강력히 주장하는 바이다. 병아리 그림을 뒷 유리창에 붙이고 동정을 바라는 애송이에게는 도로위의 매서운 맛을 제대로 보여주어야 하리라. 앞서가는 방해물이 있지는 않은지 전후좌우를 수시로 살펴보는 일을 한시라도 잊지 마라.

기억하라! 경적을 울리는 것은 진군의 시작이요 행군의 나팔소리임을. 행여나 차안에서 주행에 방해가 되는 쓰레기가 발생될 때에는 과감히 창밖으로 투척하라. 도로의 청결 따위는 신경 쓸 것이 못된다. 목적지에 도착하는 마지막 순간까지 긴장의 끈을 늦출 수 없다. 하이빔을 쏘아 위엄을 과시하고 추격자들을 따돌려 마침내 승전가를 울려야 한다. 드디어 고지가 바로 저기다. 파편이 널브러진 격전장을 뒤로하고 위풍당당하게 목표 지점에 들어선다.

시동이 꺼진다. 겹겹이 에워쌌던 무장이 해제되고 차문이

열린다. 구겨 넣어 두었던 본래의 모습을 꺼내 입으면 언제 그랬냐는 듯 다시 온화한 본래 모습으로 돌아온다.

옛 어른들은 혼자 잠을 자더라도 이불에 부끄럽지 않게, 혼자 길을 가더라도 그림자에 부끄럽지 않게〔獨寢不愧衾, 獨行不愧影〕하라 하였다. 차 안에서 남들이 나를 알아보지 못한다 하여 무법자처럼 행동해서는 어찌 되겠는가. 번호판을 내 얼굴이라 여긴다면 함부로 질주하지는 못하리라. 어디를 가든 무엇을 하든 베일 뒤에 숨어서 내가 아닌 다른 사람으로 탈바꿈하는 것은 참으로 부끄러운 일 일 것이다.

운전대 앞에 앉기만 하면 차가 막히는 것은 도로의 흐름을 이해하지 못하는 다른 운전자들 때문이라고 핏대를 올린다. 자기 일은 다 잘 알아서 할 여성들에게 밥이나 하러 집으로 가라고 소리친다. 운전대는 손을 얹기만 하면 저절로 난폭하게 변하는 자동변환장치이던가. 가슴속에 작동제어 리모컨이라도 하나 달아야겠다. 나라를 구할 트랜스포머가 되지도 못할 일인데 도로에 나서면 진격의 레이서로 자동 변신을 하니 말이다.

이방인

보스포루스 다리는 두 세계를 이어준다. 아시아와 유럽사이의 좁은 물길 보스포루스 해협 위를 가로 지른다. 삼천여 년의 세월을 입은 도시 이스탄불에서 출렁이고 있다. 이 연결 통로를 따라 아침에는 유럽으로 생계를 위해 나서고 어스름이면 몸을 누이러 아시아로 향한다. 오래된 역사의 공간 속에서 사는 이들은 두 대륙을 넘나드는 하루를 반복한다. 더 이상 그들에게 그 해협은 대륙을 나뉘는 바닷길이 아닐지도 모른다.

극명하게 다른 주변 이웃을 둔 덕에 이스탄불은 늘 소란스러웠다. 이민족의 세계로 가는 길목인 탓에 거쳐가는 세력으로 바람 잘 날이 없었다. 고대 그리스인들이 터를 잡았고 페르시아 사람들이 제국을 이루었다. 서로 다른 신앙의 각축장이 된 때문인가 터키의 곳곳에는 그리스, 로마, 페르시아의 유적들이 증거처럼 남아있다. 끊이지 않았던 종교의 충돌은 이 도시에 관용과 용납의 지혜가 쌓이게 했나 보다.

격랑을 견뎌 온 성 소피아 성당의 모습이 말없이 웅변한다. 그리스도교의 위엄을 떨치기 위해 지어진 성당은 오스만 제국 시절에는 이슬람의 성전이 되었었다. 역사의 소용돌이를 거친 오늘은 지난 세월을 말없이 웅변하는 박물관으로 존재한다.

점령지의 새로운 지배자는 이전의 문명을 용납하지 않았다. 과거의 가치는 인정하지 않았고 정복자의 역사로 다시 채웠다. 승리자는 자신들의 신앙을 강요하고 그들의 풍습만을 고집했다. 내 것이 아니면 그 어떤 것도 가치를 가질 수 없었던 시간이 이스탄불에서는 작동되지 않았던 모양이다.

나도 언젠가 그때에는 받아들여지지 않는 낯선 손님이었다. 오직 한 사람에 대한 믿음으로 가보지 못했던 곳으로 발을 디뎠다. 그 세상이 내가 살던 곳과는 다르리라 상상조차 해보지 못한 사이에 벌써 이방인이 되어 있었다. 사람살이가 뭐 그리 다르랴며 겁없이 덤볐다. 시집을 간다는 말에는 나를 버리고 시댁의 관습을 따라야 한다는 의미가 숨어 있었는지 몰랐다. 어머니는 다름을 인정하지 않고 잘못된 방식이라고 못박으셨다. 하루아침에 나의 지난날이 부정당하는 참담함에 자신은 점점 쪼그라들었다. 첫아이를 태중에서 황망하게 놓쳐버린 일은 몸뚱이조차 세울 곳이 없게 만들었다. 아이가 어머니와 연결시켜 주는 끈이 될 것이라는 기대마저 한순간에 사라지게 만들었다. 떠나보낸 아이에 대한 죄책감에 절망했다. 차가운 밥상을 건네는 어머니는 스스로를 가치 없는 사람으로 여기게 했다.

첫만남부터 어머니는 딸처럼 여기겠노라는 말을 자주 건네셨다. 이제 겨우 시어머니라는 존재에 대해 알아가던 단계였는데 스무 해를 훌쩍 지나도록 볼 부비며 키워온 딸처럼 지내보자 하니 감당할 바를 몰랐다. 어머니는 내게 그리도 빨리 허물없는 사이가 되기를 바라신 것일까. 딸 흉내도 내봤다. 선뜻 다가가지 못하는 본성을 억지스레 버리고 언죽번죽 과장을 했다. 살갑게 대해 보려던 어색한 몸짓은 거부 반응으로 돌아왔다. 영문도 모른 채로 싸늘한 시선을 받아야 했다. 꾸중을 듣고 용서를 바랄 수 있었다면 마음은 아렸어도 속은 후련했을 성싶었다. 체중이 목덜미를 넘어 올 때쯤 남편으로부터 뜻밖의 속사정을 전해 들었다. 시어머니를 공경하지 않는다는 노여움이었다. 응어리를 풀고자 허둥지둥 매달렸다. 역정으로 닫힌 문을 잡고 어머니를 불렀다. 그저 용서를 구하는 눈물이었는지 억울함이 사무친 울음이었는지 그치지 않고 터져 나왔다. 그 얼음 방문이 녹는 데는 십여 년의 시간이 필요했던 것 같다.

얼마 전 어머니의 생신에는 홀로 계신 집을 찾아가 둘이서 아침을 먹었다. 내 발걸음에 대문 밖까지 전해지는 따스한 응답이 겨울 찬바람을 잊게 만들었다. 큰 녀석이 성년을 바라보는 나이가 되어가니 어머니와 나 사이에 거리감이란 찾아 볼 수 없다. 둘째 며느리를 맞아들이는 일을 함께 치러냈다. 지치도록 길었던 아버님의 병수발도 더불어 의지했다. 예민하던 입맛이 무디어진 탓인지 내가 드리는 음식에도 가벼운 수저질에 미소가 오간다. 서로를 힘겨워하던 적이 있었던가 싶게 몸가짐이 살뜰하다.

아마도 그것은 마음의 준비는 있었어도 쉽게 받아들일 수 없는 이방인의 침입이었나 보다. 당신 세상의 전부였던 아들의 눈길을 거둬간 며느리를 용납하기가 힘겨우셨던 게다. 당신 자신과의 갈등을 이제는 가늠할 수 있겠다. 원망도 하고 이해 할 수도 없었던 지난날은 상처로 남았다. 그 자국은 기억 속에 남아 있지만 아픔이 가신 지는 오래다.

내가 남편과 연을 맺기 전까지 어머니는 당신이 쌓아 놓은 성곽을 굳게 지키고 있었다. 겉으로 아버님의 목소리가 크게 울렸을지 모르지만 실질적인 지배자는 당신이었음이 틀림없다. 당신의 질서에 온전히 맞추지 않고 자기 목소리를 내려하는 내가 마뜩치 않으셨던 게다. 어느 날 갑자기 친근하게 다가오는 내게 화들짝 놀라서 뒷걸음도 치셨을 터이다. 당신의 시어머니와의 팍팍했던 관계가 오버랩 되어 더 거세게 밀어 내도록 만들었는지도 모르겠다. 언제부터 마음의 벽을 허물고 나를 받아들이셨는지는 모르겠다. 일순간이 아니라 천천히 조금씩 서로에게 물들어갔나 보다. 가슴을 짓누르던 당신의 모습은 어느새 염려와 안쓰러움으로 바뀌었다.

가끔은 미리 걱정을 해주신다. 앞으로 십여 년은 더 기다려야 찾아 올 며느리 맞이를 준비시키신다. 하지만 그런 예행연습은 필요 없어 보인다. 어머니와 함께한 경험의 유산이 내 부족함의 공간을 채워 줄 것이기 때문이다. 어머니도 알고 계셨을 것이다. 내가 처음부터 이방인이 될 수 없었다는 사실을. 아들과 남편이라는 다른 이름을 가진 한 사람을 바라보는 우리라는 인연을 말이다.

엇갈리게 쌓아 올리는 벽돌은 견고한 울타리를 만들어 낸다. 어머니와 함께 남겼던 어지러운 발자국이 홍조가 되어 남아 있으리라 의심하지 않는다.

아직은 멀리 있을 그날이지만 새사람이 문을 두드릴 때 같은 곳을 바라보는 우리가 될 것이라는 믿음을 마음에 새기고 있기를 바란다. 조금은 눈에 설은 삶의 방식을 지닌 여인을 맞을지도 모를 일이다. 한 가지는 꼭 붙들고 있으려 한다. 그도 언젠가 낯선 곳에서 가슴앓이를 했던 지난날의 내 모습임을. 벌써 그를 마중한다.

용을 승천시키다

맨 몸뚱아리마저 거두어 가셨다. 그것 하나 밑천으로 내일이면 괜찮아질 거라고 오늘을 달래어 왔을 터이다. 하늘을 꿈꾸었던 이에게 하늘이 앗아가 버렸다. 원망을 듣기나 하실는지 한번 불러들인 후에는 쓰다 달다 아무 말한 적이 없으셨으니 그 속내를 어찌 알 수 있을 것인가. 기어이 날아오르겠다고 퍼덕이던 녀석을 지켜보고 있었다. 이제 몇 번만 더 날갯짓을 하면 되겠다 싶어 입김이라도 도움이 될까 하여 보태주었다. 그 녀석이 꼬꾸라졌다.

이만하면 되었다 하는 충족감이 내게는 오지 못할까 겁이 났다. 바라는 것들이 손안에 들어오면 또 다른 것들을 넘겨다보곤 하였기 때문이다. 이것만 이루어 주시면 더는 욕심 없을 줄 알았지만 금세 주위를 흘끔거렸다. 이다음에는 저것이 저

164

다음에는 또 다른 것들이 눈앞에서 떠나가지 않았다. 숨을 쉬는 것과는 상관이 없어 보이는 끝없는 바람이 화들짝 멈춰 섰다. 녀석의 끊어진 명줄 앞에서야 일시 정지한 탐욕의 정체가 섬뜩하다.

신문의 한 귀퉁이에서 용이의 마지막 소식을 접했다. 녀석이 의식불명이라는 말을 전해 들은 지 일주일 남짓 지났을 무렵이었다. 예전처럼 미소 짓고 있는 사진 속 네 모습이 네가 아니라면 얼마나 좋을까. 물에 젖은 솜뭉치를 전해 받은 듯 물기가 온몸으로 퍼졌다. 어느 때에야 슬픔이 가시고 감당하기 어려운 이 무게를 덜어낼 수 있을는지 모르겠다. 나는 녀석의 이름을 기억하지 못했다. 그저 용이라고 불렀기 때문이다. 겨우 학교 문턱을 넘어섰다던 부모님에게서 어쩌면 그리도 영특하고 사리분별이 바른 아이로 자랐을까 대견하기만했다. 녀석 몰래 개천의 용이 되기를 바라는 마음을 담아 용이라고 이름 붙였다. 금빛 비늘을 달고 세상에서 유영하기를 바랐다. 그런 녀석이 이제 겨우 스물두 해를 넘기고 저 세상으로 사라져 버렸다.

용이와의 만남은 단 한 번 뿐이었다. 녀석이 고등학교에서 처음 맞는 여름방학이었나 보다. 용이는 중학교 교사인 언니의 제자였다. 부모님이 진로를 이끌어 줄 형편이 못 되어서 그랬는지 줄곧 언니를 따르던 아이였다. 고등학교에 가서도 인연을 놓지 않았다. 방학이라고 해야 여행 갈 곳이 없었던 까닭에 우리 가족과 언니네 캠핑에 초대되었다. 말이 초대지 조카들과 우리 아이들의 형이 되어 식구처럼 하루를 보냈다. 텐트를 치는 일도 냇가에서 고기를 잡는 일도 어설프기만 한 동생들을 데리고 제 물을 만난 듯 신이 나서 놀았다. 한밤중에 갑자기 비가 내렸나 보다. 아이들 걱정에 텐트 밖으로 머리를 내밀었다. 용이가 먼저 나와서 텐트 주위로 파놓은 물길을 살피고 있었다. 제 집 식구들을 챙기는 습관이 몸에 배어 저절로 문을 나섰던 게다. 나는 웬일인지 눈앞이 흐려졌다. 녀석이 집안의 든든한 새 기둥으로 자라 주기를 기도하며 말없이 지켜보았다. 빗물과 함께 내 눈에서도 눈물이 방울방울 떨어졌다.

그날 이후로 용이를 만난 적은 없었다. 언니를 후견인처럼 여겼던지 부모와 머리를 맞대야 할 일들을 가지고 찾아왔다. 어린 녀석이 감당하기에 벅찬 등록금 탓에 국립 대학교에 진학했다. 얼마 후에 적성에 맞지 않아 고민한다는 말을 전해 들었다. 갈등은 피할 수 없겠지만 집안 걱정을 이기지 못하고 그만 주저앉을 줄 알았다. 부모 몰래 혼자 자취방에서 아르바이트로 생활비를 벌었고 이 년여 모질게 공부하더니 서울의 명문대에 합격했다는 소식을 전해 왔다. 용이의 어깨에 작은 날개가 돋아난 듯 반가웠다. 조금만 더 몸부림치면 실개천을 벗어날 수 있으리라 나는 하늘에 대한 감사로 두 손을 마주잡았다. 앞이 안 보이는 현실이 원망도 되었을 것을 꿈은 무지개처럼 잡히지 않을 것 같아 두렵기도 했을 것을 녀석의 불평 소리나 희망을 잃은 낯빛은 전혀 듣지 못했다.

용이를 생각하면 내 몸이 쪼그라드는 것 같았다. 그날 밤 텐트에 매달린 희미한 불빛 아래에서 네게는 꿈이 있으니 부자라고 해주었던 말은 두고두고 짐이 되었다. 스스로에게 되묻곤 했다. 너는 언제나 가진 것이 모자란다고 불평하지 않았던가. 자신과 타인에게 다른 기준을 제시했던 내 모습이 그림자처럼 따라다녔다. 고개를 끄덕이며 눈길을 마주치던 용이의 얼굴이 겹쳐지면 이중 잣대를 들이밀곤 하는 실체가 드러나는 것 같아 도망치고 싶었다.

머릿속에서 그려보기만 하였을 대학생활을 맛보지도 못하고 군대에 간다고 인사를 왔다. 군 생활보다 고되지만 틈틈이 공부할 시간이 난다며 의무소방대를 지원했다. 혹시라도 불길에는 먼저 나서지 말라고 몇 번이나 다짐을 받았다. 자기는 겁이 많아 뒤에만 서 있겠다고 오히려 안심을 시켜주던 녀석이었다. 일 년 만이던가 기어이 안타까운 사연의 주인공이 되어 내 눈앞에 나타났다.

"화재진압현장에서 의무소방대원 추락하다."

하늘에 계신 그분의 뜻을 알 수가 없다. 누구보다 열심히 살겠다고 버둥거리던 용이에게 내려주신 것은 요절이다. 이런 허망함만 남겨 주시려고 그 치열했던 스물두 해를 살게 하셨던가. 그분의 처사에 화가 치민다. 하늘에 대고 악다구니라도 퍼붓고 싶다. 빛도 없는 동굴 같은 삶에서 벗어나려고 발버둥친 죄밖에 없는 녀석을 일찍 데려다 어디에 사용하시려는지 따져 봐야겠다.

검은 색 띠를 두르기엔 너무 어린 용이가 사각 사진틀 안에서 웃고 있다. 장례식장 가득 피를 토하며 자식의 이름을 부르는 행색 없는 여인이 허공에 대고 허우적거리다 가슴을 찢는다. 짐승 같은 울부짖음이 내 가슴도 후려친다. 이제는 눈물도 말랐을 법한데 그치지 않는다. 피가 눈물이 되어 흐르나 보다.

더이상 어쭙잖은 조언도 들리지 않는 응원도 할 수가 없게 되었다. 겨우 허락된 것이라고는 오래도록 기억 속에 붙들어 두는 일이다. 세상을 향해 맘껏 날아 보겠다고 몸부림치던 녀석을 마음에 새겨두는 일이다. 좀 더 가질 수 없어 안달이 나는 날이 다시 찾아오면 가슴에서 꺼내 볼 일이다. 용이를 붙들고 있지 않아도 될 만한 몸가짐이 될 때 비로소 녀석을 지워줄 것이다.

그만큼 애썼으면 하늘나라에 들어갈 자격이 된다는 뜻이었나. 주신 형편에 원망이 없었다. 내일을 위해서 받은 능력을 송두리째 쏟아부었다. 그만하면 천국의 문을 열어주실 작정이셨던가. 하늘은 호락호락 답을 내놓지 않는다. 녀석은 분명 용이 되었을 것이다. 어차피 세상에서는 용이 살 수 없는 법 아니던가. 녀석을 하늘로 올려 보낸다. 제 물을 만난 듯 용트림을 하고 있으면 좋겠다.

생명력

결코 고개를 숙일 것 같지 않던 추위가 이제는 지친 듯 수그러들었다. 제법 포근해 보이는 창밖의 유혹을 이기지 못하고 발꿈치를 들어 뒷동산으로 옮긴다. 걸음을 떼어놓을 때마다 메마른 계절의 흔적이 바지에 달라붙는다. 금세 목까지 팍팍하게 조여 온다. 물기 없이 엉클어지고 희미하게 누런 잡풀들은 손만 닿으면 바스러질 듯하다.

길고 지루한 추위에 지친 몸뚱이라서인지 얼어붙었다 녹고 있는 잡초들이 마치 내 몸 같다. 이제 다시 새봄이 오면 겨울 동안 찌들었던 때를 벗어 버리고 연초록 옷으로 갈아입겠지. 꽃도 없는 초라한 모양새이지만 뿌리 깊은 곳에서부터 싱싱한 기운을 뽑아 올리겠지. 누가 봐주기라도 할는지. 그저 지천에 널린 초록 잎사귀일 뿐이면서 시절이 봄으로 달린다고 티도 나지 않을 옷을 바꿔 입을 것이다. 추위에 겨우 목숨만 부지한 듯 검은 얼룩을 군데군데 붙안고 있다. 겨울 가뭄에 목이 말라 쪼그라든 이파리가 서글픈 시선을 끌어당긴다. 참 질기기도 한 녀석들이다.

누구나 살면서 잊히지 않는 기억의 한 장면쯤은 가지고 있을 법하다. 내 머리는 몸만 자라고 이성은 더디 성장하던 시점에서 덜거덕거린다. 사춘기라는 이름에 갇혀 있던 여름날이었다. 무료함이 공포로 다가왔던 그 계절의 한가운데였다. 왜 같은 날은 반복되고 의미 없는 날은 계속되어야 할까. 나는 어찌하여 밥을 먹고 잠을 자며 연명해 가고 있는 것일까. 이 세상에서 뭘 이뤄내겠다고 새 아침을 맞이해야 하는 것인가. 답을 찾을 수도 없는 질문들을 해대며 가슴을 쳤다. 눈물 맺힌 눈으로 올려다보는 나에게 엄마는 텅 빈 웃음만 지어주었다. 전쟁 통에 잃어버린 당신의 십 대 시절이었으니 딸의 고민은 호사였을지도 모르겠다. 벽을 보며 소리만 치다 여름 방학을 의미 없이 보냈다.

또 한번의 가슴 서늘한 여름이 있다. 태양이 너무 뜨거워 눈앞이 노란빛으로 반짝이는 캠퍼스를 걸었다. 숨을 쉰다는 것이 막연하고 하찮게만 느껴졌다. 그때에는 불꽃처럼 살다 간 천재 문학가라 하여 자살로 젊은 나이에 생을 마감한 전혜린이 더없이 특별해 보였다. 손에 잡히지 않는 허무를 읊조렸고 슬픈 아름다움에 대해 이야기해 주었다. 그래서인지 이유도 없이 스스로 목숨을 버리는 행위를 동경하기도 했다.

서른 이후에는 현재도, 미래도 이어지지 않기를 바랐다. 젊고 건강한 육체를 사랑하지도, 아끼지도 않았다. 주름지고 굽은 어깨를 가지게 될 내일을 상상할 수 없어 그저 두려워했다.

두 차례의 먹먹한 여름을 보낸 후로는 살아내는 것 자체에 대한 물음은 더 이상 던지지 않았다. 끝 모를 의문이었고 문제를 풀어낼 능력도 없었다.

정확히 언제부터였던가는 찾아낼 수가 없다. 손이 많이 가는 형제를 키우고 시댁이야 친정이야 허둥지둥 지내다 보니 시간 자체의 흐름을 맛볼 겨를이 없었다. 내가 서른을 넘기고 마흔을 지나는 감각보다는 아이가 입학을 하고 졸업을 맞이하는 일에 마음을 쏟았다.

지난날 이 세상에 던져진 나를 향해 왜 거기에 서 있느냐고 정답도 없는 질문을 하곤 하던 일들이 가물가물해졌다. 스스로 기억을 깎아내 버렸던가. 존재에 대한 의식도 없이 많은 시간을 지나왔다. 끊임없이 자신을 괴롭히던 때보다 부드럽게 엮어 왔다. 아들 녀석들이 고개도 가누지 못하다가 혼자서 먹고 뛰어다니게 되었다. 이제는 지난날 어미가 그랬듯이 자신들의 실체를 고민하는 시기를 맞았다. 그저 말없이 안아줄 뿐이다. 그 또한 지나갈 것임을 겪어 보았기에.

몸은 좀 쉬게 해 줄 수 있는 여유가 주어졌다. 한동안 내가 어떤 사람인지 생각하는 것은 자체가 사치였다. 어영부영하는 사이 시간의 수레바퀴는 구르고 굴러서 생의 반환점에 데려다 놓았다. 한차례 폭풍우를 겪고 나면 길도 찾을 수 없이 쑥 자라버린 숲을 만나는 것처럼 갑자기 다가오는 것이 아니라 다행이다. 하루 또 하루가 모여서 세월의 겹을 이루게 되니 그래도 견딜 만하다. 시간은 마법의 힘을 가졌나 보다. 사는 이유를 내놓으라는 질문을 서서히 사라지게 만들었다.

몇 해 전이던가 일본의 99세 할머니가 시집을 출간했다는 소식을 들었다. "난 괴로운 일도 있었지만 살아 있어서 좋았어, 너도 약해지지 마."라며 심장을 울렸다. 살아 있어서 좋았다고 말했다. 무엇이 그리 좋았는지 물어볼 필요가 없었다. 백 년을 지나온 인간이 그 숱한 과거와 현재의 연속을 행복했다고 증언하니 말이다. 눈을 뜨고 새로운 날이 부여되는 것이 생의 의미가 되었다고 노래하는 것 같았다. 참으로 인생 앞에 숙연해지는 순간이었다. 철없던 시절에 어리석은 생각으로 생명을 가벼이 여긴 것이 후회로 다가왔다.

들어서 아는 것이 있고 봐야 각인되는 것이 있다. 산다는 것은 겪어내야만 깨달을 수 있는 모양이다. 지식이 지혜를 따를 수 없는 경우를 종종 보게 된다. 지혜는 시간의 터널을 통과해야만 볼 수 있는 빛처럼 뒤에서 기다리고 있나 보다.

녹록할 리 없는 인생살이에서 의지가 되는 것은 어디에 있을까. 어떤 능력이 사람의 일백 년을 버티게 하고 연약한 들풀들이 혹독한 겨울을 이겨내고 또 다른 봄을 누릴 수 있게 하는가. 알 수 없는 그것이 감히 절대자에게서 선물로 받은 목숨을 지켜내는 힘이 아닐까 한다. 눈앞의 한 가지 목표만을 달성하면 끝나는 길이 아니기에 오랜 시일을 묵묵히 인내해야만 하리라.

공자는 가장 지혜로운 자가 가장 우직할 수밖에 없다고 했다. 그도 뜻대로 행하여도 법도와 예의에 어긋나지 않을 만큼 연륜을 쌓고 나서 생을 마감하지 않았던가. 세월을 덧입지 않으면 얻기 어려운 지혜는 말없이 겪어낸 자가 가질 만하다고 믿고 싶다. 긴 삶의 여정을 지내온 인격체만이 살아 있어서 좋았다고 선언해도 될 일이다.

세상 모든 힘 가운데 으뜸은 생명력이 아닐까. 생명이 없다면 어떤 것도 의미와 가치를 가질 수 없기 때문일 것이다. 잡고 있을 까닭조차 없어 보여도 지탱하고 나면 어느새 마음에 남겨지는 것은 끝까지 오길 잘했다는 다짐이다. 철모르던 때에 값없이 주어지는 매일을 대수롭지 않게 여긴 일은 아직도 부끄럽다. 가질 수도 없지만 허투루 보낸 날들을 되돌려 달라는 억지도 부려보고 싶다.

아직은 먼 미래에 있을 그날에는 누군가에게 견뎌 보라고 그리하면 알게 될 것이라고 말할 수 있으면 좋겠다. 이겨내면 각자의 가슴에 삶의 이유가 새겨질 거라고 말할 수 있으면 좋겠다. 그림자 같은 인생을 이어온 것밖에 아무것도 남지 않을 지라도 살아 있어서 좋았어, 라고 할 수 있으면 참 좋겠다.

주먹 한 방

　초등학교 일 학년이던 동은이는 매일같이 오빠를 따라 다녔다. 언니는 중학생이라 만만하지 않았고 여동생을 보살피며 노는 일은 시시했다. 학교를 마치면 친구 집으로 몰려가서 종이인형에 옷이나 갈아입히는 놀이는 따분했다. 길에 나뒹구는 붉은 벽돌을 주워다 빻고는 고춧가루라고 담아 놓고 풀을 뜯어서 반찬을 마련하는 소꿉놀이는 하품이 날 지경이었다. 두 명이 양 옆에서 검은 고무줄을 잡고 있으면 한 명씩 노래에 맞추어 고무줄을 넘는 꼴이란 절대로 섞이고 싶은 놀이가 아니었다. 고무줄을 끊고 도망가는 쪽이 더 재미있어 보였다.

　사 학년에 다니는 오빠 동욱이가 수업이 마치기를 애타게 기다렸다. 수업이 끝나는 종소리와 함께 오빠와 그의 친구들이 학교 밖으로 몰려나오면 꽁무니를 쫓아다녔다. 오빠네 사이에 끼여 나무막대기로 칼을 삼고 종이상자에 테이프를 발라서 방패를 만들었다. 병정놀이를 하는 날이면 해가 저물도록 온 동네를 휘젓고 다녔다. 꽤 멀리 있던 다른 동네 언덕을 정복하러 원정길에 오른 적도 있었다. 그 동네 아이들의 기세에 밀려 제대로 힘을 쓰지도 못하고 패잔병이 되기도 했다.

동욱이는 "너 같은 계집애가 있어서 우리 편이 졌다."며 씩씩거리기도 했지만 다음날이면 마지못해 또 끼워주었다. 다른 아이들은 형이나 남동생과 함께 다녔다. 동욱이도 혼자는 허전했던지 남자 같은 동생 동은이라도 데리고 다녔다. 엄마가 동생을 챙기라고 하도 잔소리를 해서 할 수 없이 옆에 끼고 다녔는지도 모를 일이다. 언제나 "계집애처럼 울면 안 돼" 하면 "알았어, 나 싸움 잘해" 하고 주먹을 쥐어 보였다.

병정놀이가 시들해지면 구슬치기를 했다. 한겨울에는 꽁꽁 언 땅을 파서 동그랗게 구멍을 내는 일이 쉽지 않았다. 동은이는 행여나 "너는 힘도 없냐?"는 소리를 듣지 않으려고 장갑도 벗어던지고 맨손으로 덤볐다. 덕분에 겨울 내내 동상에 걸려서 손이 퉁퉁 붓고 가려워서 참기가 힘들었지만 상관없었다. 오빠들과 어울리는 일이 최고로 좋았기 때문이다.

그날은 초여름 저녁 무렵이었을 게다. 우리나라 선수가 저 멀리 아프리카에서 복싱 세계 챔피언에 도전한 날이었다. 옆집 자야 언니네 식구들도 동네에 사는 친척들도 동은이네 집 대청마루에 올라앉았다. 텔레비전을 앞에 두고 스무 명도 넘는 사람들이 옹기종기 모여서 응원을 했다.

어른들은 "아이고 잘한다. 치고 빠져라." 팔을 휘두르고 소리를 질렀다. 아이들은 경기를 보다가 지겨워졌는지 마당으로 나와서 뛰어놀았다. 동은이가 권투선수 흉내를 내자 아이들은 잘한다고 박수를 쳤다. 칭찬에 으쓱해진 동은이는 두 주먹을 얼굴 앞에 모으고 신이 나서 팔딱거렸다.

"와아, 아이고, 장하다 장해." 어른들의 고함 소리와 박수가 터졌다. 긴 시합 끝에 우리나라 선수가 승리를 거머쥐었다. 텔레비전 중계가 끝이 나고도 어른들은 쉽게 흥분을 가라앉히지 못했다. 마당을 뛰어다니는 아이들을 쳐다보며 "너희들도 권투시합 한번 해봐라." 하고 부추겼다. 아이들은 집주인인 동은이의 이름을 부르면서 손뼉을 쳤다. 동은이는 "누가 할래? 함 해 보자." 설레발치면서 마당을 빙빙 돌아다녔다.

아무도 선뜻 나서는 아이가 없었다. "동욱이가 한번 해줘라." 친척 아저씨가 동욱이를 앞으로 밀었다. 아저씨의 권유에 동욱이는 꼼짝도 못하고 마당 가운데로 떠밀려 나갔다. 누구는 수건을 가져와서 권투 글러브처럼 손에 씌어 주고 또 누구는 고무줄을 찾아와서 수건이 풀리지 말라고 칭칭 감아주었다. 수건 글러브를 낀 동은이는 팔딱팔딱 뛰었고 억지로 나서게 된 동욱이는 입을 씰룩거렸다.

"아 나 이거 안 할래." 동욱이는 두 팔을 축 내리고 발로 바닥을 탕탕 굴렀다. "오빠 붙어." 동은이는 텔레비전에서 본 것을 흉내 내면서 오른팔 왼팔을 번갈아 가면 뻗었다. 가만히 서 있는 동욱이를 향해 작은 주먹을 날렸지만 동욱이는 장승처럼 움직이지 않았다. 그럴수록 동은이는 더욱 제 멋에 겨워 동욱이를 툭툭 건드렸다. 구경꾼들은 "동은이 잘한다." 하며 박수를 보냈다. 꾹꾹 화를 누르고 있던 동욱이가 더이상 참지 못하고 까불거리는 동은이를 향해 주먹 한 방을 날렸다.

"퍼억"

"풀썩"

"동은아 ~"

동은이는 마당에 널브러졌고 어른들이 급하게 달려갔다. 한참을 참고 있던 동은이는 결국 "엄마~" 하고 울음을 터뜨리고 말았다. 근처에 우뚝 서 있던 동욱이는 손에 감았던 수건을 풀어 던지고는 집밖으로 뛰쳐나갔다.

저녁상을 다 치우고서야 동욱이가 돌아왔다. 동은이의 왼쪽 볼이 퉁퉁 부어올랐다. "너 울었으니까 진짜 계집애야. 이제부터는 같이 안 놀아." 동은이는 계속 같이 놀아 달라고 조르고 싶었지만 왠지 입이 떨어지지 않았다.

그날 밤 동은이는 잠을 자다가 문득 얼굴이 축축한 느낌 때문에 벌떡 일어났다. 무서운 생각이 들어서 옆자리에서 자는 언니를 흔들어 깨웠다. 언니가 일어나 불을 켰다. 눈을 비비고는 동은이의 얼굴부터 살폈다. 동은이의 코에서부터 볼까지 핏자국이 보였다. 베개에도 피가 묻어 있었다. 권투시합 흉내를 내다가 한 방 얻어맞은 것이 큰 충격이었나 보다. 코피가 아직도 나오고 있었다. 동은이는 베개의 핏자국을 보자 낮에 일이 생각나서 저절로 얼굴에 손이 갔다. 언니는 흠칫 놀라더니 휴지를 찾아 닦아주었다. 휴지를 동그랗게 말아서 왼쪽 콧구멍에 끼웠다. 안쓰러운 얼굴로 바라보더니 꼭 안아주었다. 얼굴에 묻은 피도 닦아주고 엄마 몰래 잠자리도 새로 정리했다.

언니는 엄마처럼 옆자리에 눕히고 등을 토닥였다. "그래도 계속 오빠 따라다닐 거야?" 동은이는 아무 말도 하지 못했다. 주먹 한 방으로 동욱이와 자기가 얼마나 다른지를 알게 되었다. 자기가 남자 아이들과 다를 바가 없이 힘이 세다고 생각했다. 그래서 동욱이도 자랑스럽게 놀이에 끼워 주는 줄 알았다.

자리에 누운 동은이는 눈물이 났다. 이제 오빠와 놀 수 없다는 생각에 눈물이 났다. 엄마같이 걱정해 주는 언니가 따뜻해서 눈물이 났다.

마음으로만 보이는 것들

최고의 밥상

　초여름의 기세등등한 태양이 누그러지는 저물녘이다. 운동화를 신고 현관문을 나선다. 텁텁한 집 안 공기를 벗어나려 집에서 그리 멀지 않은 호숫가로 발걸음을 옮긴다. 아직은 유월이라 노을이 번질 무렵이면 제법 시원한 바람이 더위에 지친 가슴을 위로한다.

　'어 저런 건물이 언제 생겼지?' 호수를 한눈에 바라볼 수 있는 곳에 유리의 성 같은 근사한 레스토랑이 들어서 있었다. 통유리로 꾸며진 식당의 외벽에 노을이 쏟아져 유난히 반짝거린다. 식당 안에 앉은 사람들의 얼굴까지는 보이지 않더라도 화질이 나쁜 오래된 텔레비전을 앞에 둔 것 마냥 손짓이며 몸짓이 눈에 들어온다. 세련되고 쾌적한 분위기 사이로 먼 나라에서 실어온 재료들로 만든 음식이 커다란 접시에 담겨져 오가는 것 같다.

넋을 놓고 있자니 바람이 흔들어 깨운다. 세상에 지쳐 허기진 식구들이 돌아올 시간이라고 일러준다.

돼지고기를 넣은 김치찌개를 좋아하는 큰아이, 상추쌈이면 입이 절로 벌어지는 둘째, 반찬이 겨우 이것밖에 없냐고 타박하지만 한 그릇 뚝딱 비워내는 남편, 그들에게 나는 마음을 읽고 속을 채워주는 최고의 요리사이다.

오늘도 학교에서 아무 탈 없이 지내다 오기를 일터에서 마음 상하지 않고 돌아오기를 바라며 위로와 격려를 담은 밥상을 차린다. 한마디 말도 없이 빈 그릇으로 인사를 대신해도 같은 식탁에서 살가운 눈빛을 나누며 밥을 먹을 수 있는 서로가 옆에 있어 감사한다.

곁붙이들과 오순도순 밥술을 뜨는 일이 십수 년에 걸친 소망이 되는 사람도 있다는 사실을 알게 되면 함께하는 밥상을 허투루 보지는 못할 것 같다. 관복을 입으면 냉철한 다산 정약용이었지만 유배에 처한 그가 홀로 눈물의 밥상 앞에 앉았을 모습을 그려본다. 지금도 안쓰러운 생각이 밀려와서 이제라도 위로의 말을 건네주고 싶어진다.

다산은 천리 먼 길 떨어진 유배지 강진에서 새해아침을 맞았다. 그곳이 어디라고 아내는 다산이 평소에 좋아하던 찰밥을 지어 보냈다. 아무리 찰밥이라 한들 긴 노정에 먹을 수 있기라도 했을 터인가. 행여나 외로움이 깊어 겨울이 더 사무칠까 걱정하며 옷가지도 함께 넣어 보냈다. 지아비가 귀양살이를 떠난 후 박해 속에 혼자서 집안을 살피고 네 자녀를 키우느라 병까지 얻은 아내였다.

막내둥이는 "아버지 왜 귀양을 떠나셨나요?"라고 울먹이는 편지를 적었다. 귀여운 아들이 자라나는 모습을 지켜볼 수 없었던 다산은 애가 말라 버렸는지도 모르겠다. 아픈 아내가 사랑을 녹여 지어 보낸 찰밥 한 그릇과 보고 싶다고 투정하는 어린 아들의 눈물 섞인 편지가 반찬처럼 올라와 있었겠다. 그리움에 아프고 쓰려도 그 새해맞이 밥상은 가족의 사랑이 고스란히 담겨진 최고의 밥상이 되었으리라.

길고 길었던 유배지의 고통을 역사에 길이 남을 명저로 승화시킨 것도 언젠가 가족 곁으로 돌아가 따뜻한 밥상 앞에 앉고 싶은 간절함이 바탕이 되지 않았을까. 식탁의 작은 행복이 결코 작은 것이 아님을 새삼 가슴에 새긴다.

백화점

　우편함이 미어터져라 봉투가 가득했다. 한 손 가득 집어 들고 차례로 훑어보아도 쓸 만한 것은 없었다. 그중 두툼하니 때깔이 나는 우편물에 손이 갔다. 백화점에서 보낸 홍보전단이 들어 있었다. 기한 내에 안내장을 들고 방문하면 선물을 증정하겠노라는 친절한 문구를 새겨놓았다. 고급종이를 사용하여 잡지처럼 엮은 홍보책자도 그냥 버리기 아까울 정도였다. 백화점 매장의 순서대로 잡화에서부터 숙녀복, 남성복, 리빙용품 순으로 화려하게 꾸몄다. 그 홍보용 화보에서 눈을 떼기란 쉽지 않았다. 사야 할 물건이 있는 것도 아닌데 자꾸 보게 되었다.

　여자는 구경을 위해 백화점에 가고 남자는 구매를 위해 간다고 하더니 홍보물만 들고 있어도 가서 보고 싶다는 생각이 절로 든다. 과연 구경만 하러 갔다가 아무것도 사지 않고 맨손으로 돌아온 적이 있던가를 되짚어 본다. 매장 입구에서부터 필요하면 뭐든지 줄 것 같은 미소로 반기는 직원이 눈요기만 하겠다는 굳은 결심을 해제시킨다. 상황에 따라 육백여 가지 종류로 설정이 가능하다는 조명이 진열품에 입맛을 다시게 한다. 그래서 매출의 숨은 공신이라는 별명이 붙었나 보다. 구매 욕구를 자극하도록 설계 된 내부 동선을 따라 가면 어느새 발이 아니라 눈으로 걷게 된다. 층간을 이동하면서도 에스컬레이터에서 내려다보며 옷이며 가방에 눈독을 들인다. 금세 백화점을 방문한 원래 목적을 망각한다. 이내 이층, 삼층으로 옮겨 다니며 필요도 없는 물건들을 살피고 뒤이어 사고 싶다는 욕심과 주머니 사정이 싸우게 된다.

최초의 백화점은 1852년 프랑스에서 문을 연 '봉마르셰'라고 한다. 우리나라에서는 1930년에 '미츠코시'가 첫 선을 보였다. 공교롭게도 이 두 상점의 설립자는 옷감 상인들이었다. 항상 입을 옷이 없다는 여자들이 백화점의 주고객이 된 현실과 무관하지 않을성싶다.

언제부터 백화점이 많은 물건을 사고파는 곳에서 만남의 장소이거나 문화가 숨쉬는 공간으로 변모를 꾀했는지 모르겠다. 주로 꼭대기 층에 문화센터를 만들어 어린이와 여자들을 정기적으로 방문하게 만들었다. 음악회와 전시회를 열어

소비를 위한 장소가 아니라 문화를 향유하는 자리라는 인식을 심어주고 있다. 8층에서 시가지를 내려다보며 밥을 먹고 같은 층에서 열리는 전람회를 감상하게 한다. 문화공간이라는 착각을 심어주어서 방문객이 충동구매를 하더라도 죄책감을 덜어 주려는 판매 전략이 숨어 있는지 의식하지 못한다.

한 유명 화장품 회사의 설립자는 '우리를 둘러싸고 있는 물건이 우리를 말해준다.'고 했다. 소비의 수준이 곧 존재를 증명한다는 말처럼 들린다. 근자에 젊은이들에게 까지 널리 퍼진 명품의 유행이 자신들의 가치를 가시적인 상품으로 표현하려는 의도가 담긴 것은 아닌가 싶어 안타깝다. 허나 일방적인 비난은 할 수가 없는 처지이다. 올바른 소비의 본을 제시하지 못한 기성세대로서 부끄러움이 앞서기 때문이다.

우리나라의 백화점은 서울 올림픽을 계기로 급속하게 성장하였다고 한다. 경제 활황과 더불어 그 시대의 소비를 향유하던 젊은 세대가 부모가 되었다. 이후로 백화점에서 유모차를 대여하고 아이와 매장을 누볐다. 어릴 적부터 백화점식 소비에 젖은 지금의 젊은이들이 필요보다는 욕망에 의해 움직이게 된 배경 중 하나가 아닐까 싶다.

몇 년 전이던가 송년모임이 무르익던 자리였다. 한 가정만 아이들을 동반하고 참석했던 기억이 난다. 유치원을 다닐 만할 나이였을 게다. 어른들 틈에서 지루한 기색을 드러내자

꼬맹이의 엄마가 가방에서 몇 권의 백화점 화보를 꺼내어 그림책이라고 주었다. 두꺼운 홍보책자 외에도 얼마 이상 구매하면 선물을 주겠다는 쿠폰도 서너 장 뒹굴었다. 한참이 지났는데도 그 장면이 지워지지 않는다. 동화책이 아니라 옷이며 가방이 즐비한 홍보책자를 뚫어져라 보던 아이의 모습이 말이다.

파스칼은 '사람들은 대상 자체보다 그것을 얻어가는 과정을 좋아한다.'고 말했다. 그가 이 시대 물질을 갈구하는 사회를 찾아온다면 여전히 그런 말을 남기게 될까 궁금해진다.

온갖 물건들을 구비해 놓은 곳에서 보이는 대로 욕구를 충족시키고 싶은 것처럼 세상살이도 너무 많이 갖기를 원하는 것은 아닌지 모르겠다. 학자는 학문적 성취에만 만족하지 못하고 관가로 진출하여 권력을 취하고자 한다. 사업가는 부를 축적한 후에 세상의 힘을 손에 쥐고자 갖은 애를 쓴다. 공직자는 자리에 만족하지 못하고 직위를 이용하여 재물을 탐한다. 청렴한 공직자, 존경받는 학자, 부유한 사업가에 더하여 자신들에게 없는 나머지를 챙기고자 한다. 오롯한 선비정신은 폐기되어야 할 유물인가. 곳간을 열어 가난한 백성을 구휼했던 거상들의 덕성스러운 행적은 이야기로만 남아야 하는지. 나라의 녹을 먹는 자는 청빈이 자랑이던 시절은 전설이 되어야 옳은지. 이것저것 다 갖고 싶은 백화점식 욕망을 삶의 방식에서도 그대로 적용하는 세상이 더이상 놀랍지 않다.

　대량생산과 그에 따른 소비가 미덕이라는 현실에서 백화점은 자본주의의 꽃으로 불린다. 향기도 수액도 없이 만들어진 꽃이기에 시들지도 않고 활짝 핀 채로 있나 보다.

　나는 오기만 하면 선물을 주겠다는 안내장을 홍보책자 속에 끼우고 종이 수거함에 던져 넣었다. 백화점의 유혹에 당할 재간이 없다면 피하는 것이 상책이다. 절대 유인작전에 넘어가지 않으리라는 굳은 결의는 번번이 교묘한 판매전략 앞에 무너졌으니 맞서려는 무모함은 이제 버려야겠다.

　곰곰이 생각해보니 그곳에 자리잡은 오만가지 물건들 중에서 책은 찾아보지 못했다. 휴게실에 마련된 잡지도 소비를 부추기는 종류가 전부이다. 혹시 책을 많이 읽기라도 하면 물질에 대한 욕구가 줄어드는 비밀을 백화점 측이 먼저 알아챈 것은 아닐까 하는 의심이 든다. 내가 소비로 존재를 증명하기는 애당초 그른 일이다. 과연 책 속에 비법이 숨어있는지 방향을 틀어볼까 싶다. 갑자기 그 길이 궁금해진다.

마음으로만 보이는 것들

들들 아줌마에게 전화를 해야 한다. 아들만 둘이라고 엄마가 그렇게 불러서 나도 따라 부른다. 엄마의 친구인 들들 아줌마는 유명한 성형외과 의사와 친하게 지낸다. 엄마랑 그 병원에서 수술 상담을 받았지만 예약이 밀려서 여름방학이나되어야 한다니 말도 안 된다. 내 친구 몇 명도 거기에서 쌍꺼풀이며 코 수술을 한 뒤에 영화배우처럼 예뻐졌다. 다른 병원과는 비교도 안 된다고 자랑을 했다. 이번 겨울방학에는 나도꼭 수술을 했으면 좋겠다. 부기도 빨리 빠지고 상처도 더 쉽게 아문다고 한다.

아줌마에게 사정사정을 했다. 엄마는 미안하다며 그냥 다른 병원에 가자고 하지만 그럴 수는 없다. 친구들이 거기가최고라는데 이런 일로 지기는 싫다. 매달리기가 창피하지만 지금은 그곳에서 성형수술을 받고 싶은 것 말고는 아무것도 눈에 보이지 않는다. 연예인처럼 커다란 눈에 오뚝한 코라면 얼마나 좋을까. 얼굴이 못생기면 친구들 사이에서 끼워주지도 않는다. 아줌마는 내 눈이 예쁘다며 하지 말라신다. 공부를 열심히 하고 책도 많이 읽으면 점점 예뻐진다는 소리로 달랜다. 중학교 때 수술을 한 아이도 있는데 부탁을 들어주기 싫으니까 핑계를 대는 것 같다. 절대로 속지 않을 거다. 남학생들도, 선생님들도 예쁜 애들만 좋아한다.

드디어 아줌마가 그 의사에게 부탁을 해서 겨우 날짜를 잡았다고 전화를 주었다. 상상만 해도 날아갈 것 같은 기분이다. 새학기에는 예뻐진 모습으로 학교에 갈 수 있겠다.

아내의 분위기가 심상치 않다 싶더니 결국 목소리가 높아졌다. 저녁은 제대로 먹게 해주고 싶어서 미루고 있었다. 야속하다. 내 속은 봐주지 않고 숟가락부터 놓다니. 무엇부터 풀어내야 할지를 몰라서 밥만 쑤셔 넣고 있었다. 말을 전하면 금방 종종거리며 걱정으로 머리를 싸맬 것이 틀림없다. 성질이 급한 아우는 늘 사고를 달고 다닌다. 오늘도 아우의 교통사고 소식을 전해야 하는 어려운 숙제를 안고 돌아왔다. 입이 떼어지지 않아서 굳은 얼굴로 밥만 떠 넣었다. 함께한 세월 덕에 눈치를 챈 아내가 금세 화를 누그러뜨리고 다가앉았다.

나는 식탁을 바라보며 수저질만 계속했다. 속상한 일이 있으면 속이 상한다고 하고 마음이 아프면 아프다고 털어 놓으라고 턱밑에서 조른다. 먼저 사실을 말할 것을 영문도 모른 채 애타게 만든 것이 후회가 된다. 더욱 입을 열 수가 없게 되어 버렸다.

아내를 볼 낯이 없어 산책이라도 다녀오마 하고 집을 나섰다. 눈치가 있기나 한 사람인지 자기도 함께 가겠다고 졸래졸래 쫓아다닌다. 저녁상을 물렸으면 쉬라고 일러도 막무가내로 따라붙는다. 어색하게 뒷짐진 내 팔을 빼앗아 팔짱을 낀다. 아내는 아무것도 묻지 않고 보폭을 맞추어 걷는다. 얼어붙은 내 얼굴이 보기 싫은지 곁눈질도 하지 않는다. 심정이 불편하여 더더욱 아우의 일을 말하지 못하겠다. 그리 한참을 걷고 나니 경직되었던 얼굴근육이 절로 풀어진 것을 알겠다. 아내가 가져간 팔이 편안해졌다. 혼자 힘들어 하지 말라고 신호를 보냈던가. 아우에 대한 걱정으로 속이 타고 아내에 대한 미안함으로 입이 말랐다. 아내는 마음눈으로 나를 읽었나 보다. 그리고는 말 대신 괜찮다고, 괜찮을 거라고 체온으로 다독여 주었다. 속만 끓이는 내 사정을 알아주는 아내가 고맙다.

바람이 분다. 봄은 이제껏 바람과 더불어 온 듯하다. 급작스레 펌프질을 해서 부풀린 풍선 마냥 어느 순간 봉긋해졌다가 금방 터져버리는 모양새다. 바람이 꽃망울을 터뜨리게도 하고 꽃잎을 떨어뜨리게도 한다. 어느 봄처럼 온종일 바람소리가 났다. 이중으로 창문을 달아 놓아도 왱왱거리며 존재를 알린다. 겨우 어제 피기 시작한 벚꽃들은 목숨이 붙어 있을까. 심술궂은 봄바람을 버티지 못하고 길바닥 신세가 되지는 않았는지…. 괜스레 그 녀석들의 안부가 궁금해졌다. 오후 내내 게으름을 피우다가 보니 어느 틈에 창밖에 보름달이 걸렸다. 벚꽃들에게 늦은 인사라도 전하러 달빛에도 나서 본다.

별도 드문 도시의 밤하늘에 동그란 달이 은은한 빛을 뿌린다. 까만 하늘에 분홍색을 맡겨버린 것인지 하얀 꽃잎으로 변해 나풀거린다. 하얗게 반짝이는 꽃잎 아래로 꽃받침의 색이 배어 나와 더듬이처럼 치켜진 꽃술이 보란 듯이 선명하다. 낮에는 송이송이 뭉쳐져 꽃무리로만 보였다. 태양이 제 집으로 돌아간 지금은 낱낱의 이파리가 고스란히 드러난다. 달빛이 더 세세한 곳까지 가리키는 모양이다.

밤바람이 벚꽃 향기를 날라 온다. 기억 속에서는 벚꽃 향기를 찾을 수 없다. 인파가 들끓는 한낮의 꽃놀이만 즐겼으니 사람 냄새만 저장되었나 보다. 옴짝달싹도 못하고 차 안에서 창문을 통해 바라만 보다 온 적도 있었다. 꽃놀이패에 휩쓸려 다녔으니 참모습을 살피기나 했을 터인가. 이렇게 습습한 향내를 가졌구나. 화려한 자태의 꽃나무가 담담한 향기를 보여

준다. 어둠속에서 다섯 장 꽃잎의 꽃송이를 보고 향내도 맡는다. 햇빛에 가려졌던 녀석들의 진짜 얼굴을 남김없이 올려다본다.

햇살이 눈부신 날은 반짝거림 때문에 물체를 제대로 볼 수 없는 경우가 종종 생긴다. 색안경으로 가려주면 또렷이 제 모양을 살필 수 있게 된다. 밝다고 다 볼 수 있는 것은 아니라고 일러주나 보다. 눈에 의지했던 판단들이 과연 제대로 되었던가 돌아보게 만든다.

보기 좋은 떡이 먹기도 좋다고 했지만 이제 보기 좋게만 만드느라 본질을 망가뜨리는 일이 다반사가 된 듯하다. 눈만 앞세우다가 실체를 제대로 살피지 못한 일도 많았을 성싶다. 홑겹 눈이 볼수록 매력적이던 그 아이를 다시 만나지 못하게 되었다. 겉모습의 자신감으로 내내 거울만 들여다보다가 나르시스처럼 깊은 물에 빠지지나 않을는지 괜한 걱정이 앞선다. 내 감정 따위는 배려하지 못하고 혼자서 걱정으로 싸매고 있던 남편이 원망스럽기도 했다. 말 굳은 남편을 알아차릴 수 있도록 속내 길을 터준 마음밭에 감사한다.

세월이 무거운지 허락도 없이 눈두덩이 힘을 잃고 쌍꺼풀을 덮으려 한다. 새로 나온 조리식품의 설명서가 잘 보이지 않아서 눈을 부릅뜨고 살펴봐야 하는 일이 생기기 시작했다.

하지만 괜찮다. 한쪽이 막히면 다른 쪽을 열어주시는 것이 하늘의 이치라고 하지 않았던가.

　잘 꾸민 외양에 마음을 빼앗긴 시절이 있었다. 눈앞의 화려함 때문에 본 모습을 알아보지 못한 일도 있었다. 속상함을 숨기려고 입을 다무는 남편 때문에 속을 끓인 날이 많았다. 이제 보이는 것 너머에 있는 지혜의 길이 어렴풋이 모습을 드러내는 것 같다. 겨우 갈 길을 알아차린 속눈[心眼]이 제 차례를 기다리고 있다. 넘겨쥐 볼 작정이다.

사추기

    태양이 서서히 비껴 내리쬐기 시작하는 걸 보니 가을이 오는가 보다. 이 계절은 기온보다 빛으로 앞서 온다. 손을 펴 모아 눈썹에 대고 전방을 응시해도 눈은 자꾸 찌푸려진다. 햇빛이 머리를 떠나 볼을 타고 들어오기 때문인가. 여름날 해바라기 샤워처럼 쏟아붓던 빛줄기보다 더 피할 길이 없어졌다. 퍼붓는 폭우는 우산을 꼭 쥐면 그만이지만 사선으로 내리치는 비바람은 온몸을 적시고야 만다. 가을빛은 비스듬히 내려와 내 몸을 빈 곳 없이 때린다. 이즈음엔 하늘에서 햇살이 비추인다. 조금씩 차가워지는 공기와 높아진 하늘 때문인지 대기가 반짝반짝 빛이 난다. 햇살이란 이름이 제격이다. 햇살이라고 소리를 내면 이 사이로 엷은 휘파람 소리가 난다. 서늘한 느낌이 들어 가을과는 어울림이 있다.

여름날 머리를 달구던 붉은 해는 지쳐서인지 정오를 넘기기 무섭게 눕기 시작한다. 낮 그림자가 누구라도 키다리로 만드는 이때 길어진 나를 보는 것은 덤으로 얻는 즐거움이다. 겨울이면 한여름만큼 내달리지 않아도 될 터인데 벌써 게으름을 부린다. 가을이 햇살이라면 봄은 햇볕이 제격이다. 햇볕은 해의 내리쬐는 기운이다. 그것은 광선보다 온도로 찾아온다.

지구의 자전축 때문에 계절에 따라 태양이 어떤 영향을 주는지 몰랐던 것은 아니다. 교복이 나를 말해주던 그때는 점수를 받으려고 무작정 외우기만 했다. 신체와 감각으로 느끼지는 못했다. 새로운 계절맞이를 마흔 번이나 넘게 하고 있다. 이제야 과학이론이 아니라 온몸의 세포와 신경들이 땅과 하늘의 변화를 읽어 가는 나이인가 보다. 자연의 움직임을 체감하기 전에는 겨울을 넘어 봄이 오는 반전을 받아들이기 힘겨웠다. 어디서 오는지도 모르는 사이에 새순은 이파리가 되고 가지는 한 뼘이나 올라와 있곤 했다. 준비 안 된 내 앞에 자연은 초고속으로 변하고 있었다. 정신과 육체의 거리가 차츰 멀어져 간다.

냉동고같이 만들어진 냉기야 그 반대편의 간단한 기계조작으로 바꿀 수 있지만 겨울의 차가움은 생명을 품고 있다는 걸 인지하기에는 많은 시간이 필요했다. 눈 속에도 꽃이 핀다. 얼어붙은 땅을 비집고 나오는 것은 보드랍고 여린 잎이다. 얼음장 같은 땅 표면은 훼방꾼이 아니라 보호막이다. 자연의 힘은 보여지는 것이 전부가 아니라 다음을 위해 준비하는 데 있다.

봄은 봐야 할 것이 많아서 붙여진 이름이 아닐까. 봄을 뜻하는 영어 spring의 철자가 우리가 알고 있는 통통 튀는 스프링이며 입이 먼저 알고 터져 나오는 이름이다. 그래서인가, 계절로도 발랄하지만 이 시기를 겪고 있는 청소년 또한 가늠하기가 힘들다.

우리 집에는 봄의 한가운데 서 있는 두 녀석이 있다. 이 아이들은 그 어느 때보다 세심하게 지켜봐야 한다. 이제 그들에게는 한낱 장식품에 불과했던 방문을 제대로 사용하기 시작했다. 자기만의 시간과 공간이 필요하게 되었다. 어느 날 쾅하고 닫혀버리면 손닿을 수 없는 곳으로 날아가 버리는 듯하다. 그 문 안에서 저는 즐거워도 하고 괴로워도 하겠다. 문 밖의 어미는 장벽 앞에라도 선 기분인데 말이다. 연초록 잎이나고 봉오리가 맺히고 드디어 꽃이 피는 날까지 물을 주며 기다리는 일은 행복하다. 아이가 자신만의 영역에서 시간을 보내고 가끔은 눈이 붉어지고 때로는 입을 열지 않을 때 다음 미소를 기다리는 것은 나를 불행에 빠뜨린다. 언제고 시간이 지나면 꽃이 피고 웃음도 볼 수 있을 텐데 그 기다림은 여의치 못하다. 이 녀석들은 이제 막 피어오르는 열기에 싸여 있다. 스스로도 주체 못할 기운이다. 나는 여기에 관심의 체온까지 더하고 있다. 누르고 또 눌러서 엄마의 무관심표 냉기를 보태줘야 한다. 가는 눈길을 돌려 세우는 노고를 아낄 수 없다. 겨울을 뚫고 온 녀석들이기 때문이다.

여름이 식어버리면 가을은 몸을 벗는다. 많은 것을 지니고 있기엔 역부족인가 보다.

우리 집에는 여름을 지나온 남자가 있다. 전력질주가 아니면 패배인 줄 아는 많은 다른 남성들처럼 그는 앞만 보고 달려왔다. 땅과 하늘의 변화에 대해 시선 한 번 빼앗긴 적이 없어 보인다. 나와 우주공간이 함께한다는 사실은 그저 교과서에나 나오는 일이었다. 자신은 언제나 그림자 없는 태양 아래 서 있을 줄 알았다. 얼마 후에 마주하게 될 희미하게 길어진 또 다른 나를 염두에 둔 일조차 없었다. 찬바람 불기 시작할 때 기침 한 번 하더니 애정을 갈구하는 눈빛으로 탈바꿈했다.

닫혀진 아이들 방문 앞에서 이름을 불러본다. 관심을 받고 싶은 모양인지 눈길이 나를 따라다닌다. 밖에서 소진한 에너지를 채우려는 생각인가, 내 앞에 머무르는 시간이 많아졌다. 달리기가 힘겨워졌나 보다. 세 남자가 각기 다른 계절을 버티고 서 있다.

지난날 봄의 반전이 두려웠지만 가을은 언제나 그리웠다.

성장의 끝에서 자신을 떨구고 벗어버리는 모습이 겸손해 보였다. 맹렬함을 자랑하던 때를 지난 차분한 시간을 누려보고 싶었다. 진정한 내 모습을 알아차리기 좋으리라 기대했다. 남편은 혼자서는 그것이 버거운 모양이다. 생각지도 못한 곳에 내동댕이쳐진 방랑자 같다.

가 봐야만 알 수 있는 길은 아닌가 보다. 역사는 현재와 과거의 끊임없는 대화라고 하지 않았던가. 기록될 일 없는 우리들의 삶도 마찬가지일 터이다. 지나온 길의 발자국이 가야 할 앞날을 보여준다. 아지랑이가 아른거리는 어지러운 순간을 몸살하며 보냈다. 흔들리며 방향을 제시하는 나침반처럼 어디로 가야할지 비틀거리다 겨우 제 길을 찾아들었다. 봄볕에 단련된 심장이 가을햇살의 서늘함을 겁내지 않게 해준다. 쏟아지는 햇빛 화살을 뚫고 겨울로 나아가라고. 아직은 멀찍이 쳐다봐야 할 아이들에게는 자꾸만 다가가고 살뜰히 챙겨줘야 할 사람에게는 머뭇거린다. 한쪽에선 겨우 관심을 거둬들이고 다른 쪽에선 애써 애정을 끄집어낸다.

봄날은 옆에 있기만 해도 지나갈 것이다. 헐벗은 가을날은 덮어주고 손을 꼭 잡아줘야 하나 보다. 지나온 혼돈의 사춘기가 지금 우리는 어디에 있고 어디쯤 가고 있는가를 말해준다. 이제는 가을을 생각해야 할 시기라고.

내게로 가는 길

저의 옆지기는 흔히들 말하는 길치입니다. 시골에서 태어나서 초등학교에 다닐 무렵부터는 쭉 대구에서 자랐으면서도 직장과 집만을 제대로 오고갈 수 있을 뿐입니다. 가끔씩 병문안이라도 갈라치면 누구나 알고 있는 큰 병원도 내비게이션에 의존해야 갈 수 있으니 방향감각은 아예 없다시피 합니다. 기찻길처럼 다니는 정해진 길을 제외하면 언제나 내비는 켜져 있습니다. 기계에게 물어볼 수 없었던 시절에는 두툼한 지도책을 끼고 다녔고, 그것이 귀찮아지면 옆에 앉은 사람을 길잡이로 이용했습니다. 길눈이 어두운 탓에 먼 길이라도 떠날 일이면 나서기 전에 늘 여러 번씩 점검하는 일도 잊지 않았습니다.

반면에 저는 처음 가는 곳이라도 머릿속에 도로망이 잘 그려지는 까닭에 두려움 없이 나서곤 합니다. 길눈이 흐린 남편이 이해될 리가 없었습니다. 목적지가 정해지고 일단 발걸음을 떼면 감각이 지시하는 대로 따라갑니다. 행여나 문제가 생긴다면 그때 가서 어찌하면 될 것이라는 막무가내 정신도 덤으로 갖추고 있습니다. 이제껏 길을 헤매거나 찾지 못해서 낭패를 당한 일은 없었으니 저의 방향타는 제법 쓸 만한 모양입니다.

　인생의 행로에서도 예외는 아닙니다. 그 사람은 자그마한 일이라도 생기면 여기저기 먼저 경험했던 이들에게 필요 없다고 여겨질 때까지 물어봅니다. 마지막 결정의 순간까지 심사숙고하는 일도 빼놓지 않습니다. 그런 모습이 답답하다고 느낄 때가 많았습니다. 자기 일은 자신이 가장 잘 알 것 같은데 왜 상관도 없어 보이는 이들에게 의논을 하는지 시간 낭비처럼 보인 적이 한두 번이 아닙니다. 입을 삐죽이며 옆에 있었지만 반복해서 확인하는 습관을 나무라지는 못했습니다. 그 덕분인지 남편과 함께한 시간이 쌓일수록 그는 대부분의 경우에서 예상 가능한 결과를 내어 놓았습니다.

　그렇지만 저는 늘 삐걱거렸습니다. 가다가 돌아섰던 길, 시작만 하고 끝은 흐지부지 되었던 일, 실패하고 갈 수 없었던 적이 많았습니다. 인생의 길은 포장도로처럼 감각이 시키는 대로 나서서는 아니 됨을 몸으로 부딪히고 나서야 알게 되었

습니다. 다 알고 있다고 섣부르게 시작하고 가기만 하면 될
것이라고 함부로 예측한다면 빈손밖에 돌아오는 것이 없다
는 것을 깨지고 생채기가 돋고 나서야 알았습니다. 물어보기
만 하면 버선발로 달려와 줄 이가 바로 옆에 있는데도 고개를
돌리지 않은 저는 눈가리개가 쓰인 경주마였던 모양입니다.

　삶의 길을 가는 데에는 겸손과 신중을 함께 태우고 다녀야
겠습니다. 목적지까지 반복적으로 알려주는 내비 양의 안내
도 귀찮아 할 일이 아닙니다. 조수석의 잔소리도 흘려버릴 말
만은 아닙니다. 인생의 길이란 두 번 갈 수 있는 길이 아니기
에 한 걸음씩 조심스레 갈 일인가 봅니다.

문

뒷걸음질부터 친다. 저 속이 훤히 들여다보이는 녀석 앞에
서도 주눅이 들어 눈치를 본다. 규칙적으로 삼켰다 뱉었다 하
는 저 녀석의 리듬에 몸을 맡기지 못하고 끼이기라도 하면 어
쩌나 겁부터 난다. 발끝은 먼저 알고 주춤거린다. 녀석의 행
실을 지켜보다가 먼저 퇴짜를 놓는다. 막아섰다가 비켜서기
를 반복하는 녀석의 옆으로 얌전히 입을 다물고 있는 다른 녀
석에게 접근한다. 제 고집을 부리지 않고 밀면 밀려가는 이
녀석을 선택한다.

도시에서 나고 자랐으면서도 저 놈의 회전문 앞에만 서면
오금이 저린다. 옷자락이 끼여 낭패를 당한 경험이라도 했더
라면 이 두려움의 정체를 설명할 수 있으련만 대책 없이 머뭇
거림만을 반복해 왔다. 회전문은 사람의 출입이 잦은 대형 건

물에서 에너지 절약을 위해 설치한다. 공기의 흐름을 차단하여 냉, 난방중인 실내의 에너지가 빠져나가지 못하게 하는 방어막인 셈이다. 자유롭게 드나들어야 할 출입구 앞에서 번번이 거부당하는 느낌이 든다. 빙글빙글 돌아가며 마치 살아있는 것처럼 앞으로 다가가면 일부러 속도를 붙이고 차갑게 돌아 서는 것 같다. 휙 소리를 내며 지나가는 유리문 위로 창백한 얼굴을 한 엄마가 안쓰러운 눈으로 나를 응시한다.

빛바랜 흑백사진 안에서도 엄마의 일그러진 얼굴은 도드라진다. 백여 명은 넘어 보이는 어른, 아이가 옹기종기한 초등학교 소풍의 단체 사진이다. 키가 훤칠한 엄마는 아이들을 따라온 보호자들 틈에서도 눈에 뜨인다. 모두들 웃고 있는 가운데 혼자만 불편한 기색이다. 만삭이었다. 출산일을 한 달이나 넘기고도 나오지 않는 아이를 품고 하는 수 없이 세 살배기 아들아이의 손을 잡고 나섰다. 맏딸이 처음 맞이하는 봄 소풍에 혼자 보낼 수 없었다. 산달을 훌쩍 넘겨 팽팽해질 대로 팽팽한 배를 올려 잡고 학부모 대열에 함께했다.

숨이 턱까지 차오른 엄마와는 달리 태중의 아이는 미동조차 보이지 않았다. 밖으로 나갈 자신이 없었던 것인지 따뜻한 양수의 안락함에 취해 버렸던 것인지 약속한 시간을 한참이나 넘기고도 소식이 없었다. 아직은 병원에서의 출산이 흔하지 않던 시절이었다. 이제나 저제나 스스로 열고 나와 주기를 애타게 기다렸다. 모태가 더이상 견딜 수 없을 때가 되어서야 의사의 손에 매달려 세상 문을 나섰다. 요란한 출생은 늘 이야깃거리가 되었다. 태어나지 못할 뻔했던 아이가 제대로 성장할 수 있을는지 여기저기서 쑤군거렸다. 그 의심의 눈초리가 싫었던지 아이가 대문을 들락거리는 일은 드물었다.

방구석은 언제나 즐거운 놀이터였다. 곁붙이들이 놀이터로 몰려 나가고 나면 나 홀로 책을 펼쳤다. 혼자서 하기 좋은 일은 상상이었다. 상상 다음에는 생각이 따라 왔다. 나이에 어울리지 않게 삶이 어디서 오는지 어디로 보내야 하는지 끝없이 고민했다. 남들보다 오랜 시간을 태중에서 보냈기에 쓸데없이 머리가 먼저 커져 버린 탓인지 머리가 미리 자라서 때맞춰 나오지 못한 탓인지 모르겠다.

늘 한자리에서 맴을 돌았던 때문일까. 죽자고 서울로 대학을 보내달라고 제 부모를 괴롭히던 친구를 이해하지 못했다. 선 자리가 어디든 하지 못할 일이 무엇이냐고 친구를 구슬렸다. 낯선 땅으로 나설 용기가 없었으면서 굳이 떠날 필요가 무엇이냐고 핑계를 댔다. 결국에는 제 힘으로 제 갈 길을 펼치려는 친구의 뜻을 아무도 꺾지 못했다.

나는 조그만 일이라도 생길라치면 미리 겁부터 먹었다. 대학 졸업 무렵에 친구를 따라 취업 원서를 내고 얼떨결에 합격을 했다. 어수룩한 사람을 걱정하여 취직보다는 공부하는 편이 나을 거라고 충고하는 말이 많았다. 힘든 일은 감당해내지 못할 것이라고 지레 짐작하여 더이상 고개를 돌리지 않았다. 인간관계에 얽매이지 않고 혼자서 할 수 있는 진학 쪽을 선택했다. 그곳에도 사람 사이의 얼키설키한 문제는 기다리고 있었고 끝내 그 벽을 넘지 못하여 학위는 손에 쥐어보지 못했다.

자신의 처지를 박차고 서울로 유학을 떠난 친구는 겉눈으로 보기에 나와 별다를 바 없는 인생을 엮어간다. 그 속내를 들여다보면 도전을 뒤따라온 시련이 웅숭깊은 사람으로 성장시켰다. 스스로 헤쳐 온 삶이 제법 묵은지처럼 곰삭은 맛을 느끼게 한다. 그 앞에 서면 번지르르한 말로 성숙을 포장하지만 얕은 마음자리는 금방 탄로나 버린다.

태어난 둥지를 사수할 책임을 혼자 떠맡은 양 한 발짝도 꿈쩍하지 않았다. 형제자매들도 제 뜻에 맞추어 다들 멀리 떠났다. 출발부터 남의 손에 이끌리어 나왔으니 혼자서는 움직일 수 없는 붙박이가 될 운명이었다고 억지소리를 했다. 처음으로 나서야 할 때에 제 힘으로 하지 못했더니 덤처럼 끼여 지내게 되었다고 애꿎은 팔자타령을 늘어놓곤 했다.

기원전 100년경 어머니의 몸이 너무 약해서 세상의 빛도 보지 못하고 태중에서 사라질 운명이었던 율리우스 카이사르. 그는 모태에서 호령했다. 나를 꺼내주지 않으면 위대한 로마는 없을 것이라고 소리쳤다. 어머니의 복벽을 가르고 태어나 마침내는 전설적인 황제가 되는 운명을 만들었다.

알을 깨고 나오는 아기 새를 바라본다. 그 가녀린 목 위에 얹힌 부리로 두드리고 두르리다가 잔금을 내고 기어이 구멍을 뚫는다. 눈조차 뜨지 못하고 부리질을 계속 하는 모습이 애처롭다. 다른 손이 껍질을 까준다면 아기 새는 목숨을 이어가지 못한다. 제 힘으로 열어야 자기 세상을 맞이한다. 산모들은 하늘이 무너지는 아픔을 견뎌야 새 생명을 안을 수 있다고 말하지만 정작 태아가 열어젖히고 나오는 것 같다. 뱃속의 아기는 정해진 시간이 채워지면 배운 적도 없는 인생의 문을 열어야 한다. 태아가 사람이 되기 위해 통과하는 첫 문을 열기가 어디 만만할 터인가. 산모의 아픔과는 견줄 수 없는 고통을 감내해야 한다. 영원히 기록될 수 없는 최초의 경험담이리라. 그럼에도 겨우 울음 한번 토해내고는 길었던 첫 관문의 모진 기억을 다시는 떠올리지 않는다. 세상을 맞이하는 벅찬 감동이 산통을 지워버리나 보다.

어린 시절 주위를 맴돌았던 의심의 눈초리는 일찌감치 잊어야 했다. 출생의 비화라고 이름 붙이고 한바탕 웃어넘겼어야 옳았다. 생사를 넘나들었던 엄마의 무용담으로 남았어야 했다. 아직도 내 생일이 다가오면 당신의 몸은 예전 일을 되살려내고 몸살을 한다.

엄마는 열 살도 되기 전에 양친을 모두 여원 아픔을 새기고 있다. 세월이 흐를수록 부모의 정은 더 사무치는 법이 아니겠는가. 어떠한 일이 닥쳐도 어린 자식들을 두고 일찍 떠나서는 안 된다는 다짐으로 살았겠다. 그러기에 수혈로 간신히 버티며 저승의 문 앞에서도 끝까지 나를 놓지 않았다. 꺼져가는 명줄을 굳게 붙들어 당신과 한몸이었던 나를 문 밖으로 밀어내었고 자신까지도 지킬 수 있었다. 엄마에게 부모의 사랑은 평생을 두고 점점 더 목이 타는 갈증이었을 것이다. 그 목마름을 자식들에게 물려주지 않으려고 문이 막아 설 때마다 두려움 없이 밀고 또 밀어 내었으리라. 엄마는 채워지지 않는 상실을 기억으로 붙들어 걸림돌을 넘어섰고 나는 실체도 없는 기억에 포박당하여 과거 속에 갇혀버렸다.

엄마를 닮지 않았다는 말은 언제나 따라다녔다. 숨길 수 없어 더 듣기 싫었다. 훤칠한 키에 이목구비가 시원하여 사람들의 시선을 끌었고 힘든 일에는 먼저 팔을 걷어붙이고 나서서 마음을 열었다. 바라보고 살아가면 닮는다고 하지 않았나. 엄마를 보며 자랐어야 했을 것을 치맛자락만 붙들고 늘어졌다. 이제라도 그러쥐었던 옷자락을 내려놓는다.

회전문은 "어서 오세요"라고 말하는 중일게다. "어서" 하면서 열었다가 "오세요." 하면서 맞아들이고 싶은 심사가 틀림없다. 옆에서 관심도 없이 입을 닫고 있는 녀석에게는 더이상 발길을 돌리지 않겠다.

거울아, 거울아

백설 공주는 계모의 거울이 없었더라면 독이 든 사과를 삼키는 고초를 겪지 않아도 되었을까. 일곱 난장이와 백설 공주의 이야기에 푹 빠져 있을 때에는 턱도 없는 이유로 못살게 구는 새 왕비가 세상에 둘도 없는 마녀 같아 보였다. 그렇게 무서운 얼굴로 거울을 노려보며 감히 아리따운 공주와 자신의 얼굴을 비교하다니 참 한심하다는 생각이 들었다. 잠시 마녀 왕비를 미워하다가 금세 그의 존재조차 잊어버렸다. 왕자가 찾아와 입맞춤으로 공주를 살려내는 환상만이 관심사였다. 동화의 결말이 행복하게 오래오래 살았다는 것이기에 덩달아 안심이 되었다.

마녀 왕비가 왕의 미움을 사서 쫓겨났다는 뒷이야기는 들어 본 적이 없다. 그 후 개과천선을 하고 공주의 행복을 빌어

주었을까. 그 신비한 거울은 누구의 차지가 되었을까. 어떤 어린이 독자도 왕비의 행적에는 관심이 없었을 것이다. 그때 는 당연히 그랬었다.

어쩌면 그런 거울 하나가 필요할 무렵이 되었는지 나도 모 르게 '거울아, 거울아' 하고 되뇌고 있다.

언제부터인가 사진 찍기를 즐겨하지 않은 것 같다. 아이들 이 카메라를 들이대면 도망가기 시작할 때부터 그랬던가 싶 다. 휴대폰 카메라로 가끔 찍기는 하지만 여러 장 사진 중에 제일 마음에 맞는 것으로 고르고 나머지는 흔적 없이 삭제해 버린다. 해서 앨범 속에는 다 그럴싸한 모습만 저장되어 있 다. 그 때문에 실제의 나도 그러리라 짐작하고 있었다.

얼마 전에는 원고 청탁과 함께 사진을 보내 달라는 연락이 왔다. 반복해서 쓰던 예전 것이 있어서 그냥 보내자고 생각했 다. 그런데 해상도가 높고 자연스러운 사진으로 부탁한다는 말이 못내 걸렸다. 이참에 두고두고 쓸 요량으로 사진관에서 찍어 보자고 용기를 냈다. 고운 사진을 손에 넣은 지인의 소 개까지 받아 북적이는 중심가로 나섰다.

입구부터 앉을 자리가 없어 서성이는 사람들로 만원을 이 루었다. 교복차림으로 우정 사진을 남기려는 여학생무리부 터 입사원서용 사진을 마련하려 정장을 차려입은 청년들까 지 즐비했다. 한결같이 카메라 앞에서 당당하고 신나는 모습이었다. 나는 괜스레 주눅이 들고 몸 둘 바를 몰라 어슬렁거렸다.

카메라 플래시는 터지고 눈은 자꾸 감긴다. 덩달아 어깨까지 굳어진다. 렌즈를 똑바로 쳐다보지 못하겠다. 입술은 경련을 일으킨다. 사진사가 자세와 표정을 살펴 줄 때마다 더 어색해진다. 사진을 들여다보더니 신통치 않다는 듯이 갸우뚱한다. 무슨 잘못이나 한 것처럼 얼굴이 울그락불그락한다.

겨우 촬영을 마치고 한숨을 돌리려는데 이름을 부른다. 사진 수정 작업을 함께하자고 한다. 우선 가장 마음에 드는 것으로 고르라지만 눈에 들어오는 컷이 하나도 없다. 컴퓨터 화면이 가득 차도록 웃는 표정은 익숙하지만 한편 또 낯설다.

세월이 느껴지는 낯빛이 딴 사람을 마주하는 것 같다. 눈웃음에 접혔던 주름살을 편다. 잡티가 드러난 양쪽 볼도 지우개로 지우듯 쓱쓱 문지른다. 흐릿해진 흰자위도 새하얗게 만든다. 누릿하게 때가 낀 치아도 하얀 빛이 돌도록 닦아낸다. 그제야 내 얼굴이라는 생각에 고개가 끄덕여진다.

거짓하나 없는 실제의 나를 아니라고 고개를 저으며 고치고 다듬었다. 촬영실로 들어가기 전 거울 앞에서 세심히 살폈던 실체는 어디로 사라졌나. 매일 거울을 들여다보았다. 여전히 눈은 반짝이고 혈색은 발그레하게 보였다. 눈가는 신경이 쓰였지만 잘 웃어서 생긴 주름이니 괜찮다고 여겼다. 하루도 빠짐없이 혼자 거울 앞에 서면서 누구를 만난 셈인지 알 수가 없다. 거울이 내게 거짓말을 하고 있었던가.

마녀 왕비는 백설 공주가 왕자와 함께 백마를 타고 떠난 후부터 바르게 살았을 성싶다. 그에게는 항상 묻는 말에 객관적인 진실을 전해주는 거울이 있었으니 틀림없었을 게다. 거울의 말이라면 철석같이 믿는 왕비였다. 인생의 한 고비를 넘긴 그도 성숙한 질문을 하기 시작했을 터이니 말이다.

듣기 싫은 진실을 알려줄 때는 받아들이기가 쉽지 않았다. 입으로는 시인했지만 속으로는 삐딱했었다. 돌아서서 원망했던 적이 얼마나 많았던가. 거울 앞에서는 오죽했을까 싶다. 스스로 판단할 일이니 더욱 제 맘대로 재단해 오지 않았겠나.

친구들의 얼굴에서는 말없이 세월의 흔적을 하나하나 들춰냈다. 내 거울을 꺼내 들고는 예전의 기억으로 쳐다보았다. 마녀 왕비는 직접 독이 든 사과를 공주의 입에 물렸지만 나는 왜곡된 눈으로 남의 얼굴에서만 흠집들을 파고 들었다.

내가 어릴 적에 아버지는 중학교 시절의 친구를 만나면 오래도록 맞잡은 손을 놓지 못하고 예전 모습 그대로라며 반가워했다. 말도 안 되는 소리로 인사를 나눈다고 생각했다. 한참 후에야 아름다운 기억을 씌워 어깨를 두드린다는 사실을 알았다. 그때만큼은 절대 평가 따위는 필요 없었다.

거울 앞에 앉은 나는 현재를 보지 않았다. 과거의 한 자락을 가져와 정성껏 포장을 했다. 냉정한 거울의 평가를 받아 들였던 마녀 왕비의 태도를 배울 때가 왔나 싶다.

반짝거리는 무지개 사이로 왕자의 등 뒤에 앉아 백마를 타고 떠나는 공주를 두 손 모으고 바라보던 소녀는 어느덧 주름진 얼굴을 살피는 처지가 되었다. 이제는 검은 불꽃이 일어나던 자신의 거울 앞에 앉은 왕비가 선명하게 다가온다. 쓸모가 있을 것이라며 내 손에 그의 거울을 쥐어 준다. 손이 떨린다.

거울아, 거울아 내 모습을 비춰다오. 한 점도 더하지도 빼지도 말고 살펴다오. 네 앞에서는 거짓이 없도록 냉정한 시선을 지켜다오.

노을맞이

언제부터 연례 행사로 자리잡게 되었을까. 기억에서도 까마득한 일이 되었다. 해마다 1월 1일이 되면 열 일 제쳐두고 그해 처음으로 떠오르는 태양을 보러 나서는 행렬이 길게 이어진다. 사람들은 매서운 추위도 잊은 채 앞 다투어 산으로 바다로 첫 해돋이를 맞이하러 나선다. 겨울의 한가운데서 칼바람을 맞으며 입속의 치아들은 의지와 상관없이 덜덜 맞부딪히기도 했을 터이다.

나도 몇 해 전까지 해맞이 행사에 참여하지 않으면 시대에 뒤떨어지는 사람이 되는 것 같아 아무 의식도 없이 그 행사에 따라다니곤 했다. 새벽형 인간이 아닌지라 채 정신을 차리기도 전에 남편 손에 이끌리어 산에도 오르고 해변에 서기도 했다. 북이야, 장구야, 폭죽에 때로는 장내 아나운서까지 동원

된 축제의 개막식 같은 해맞이 행사도 경험했다. 물론 한적한 산에 올라 장엄한 첫 태양을 눈에 담았던 소중한 기억도 있다.

그런 해돋이를 마치면 그날은 하루 종일 머리가 무거워서 해야 할 일을 제대로 처리하지 못했다. 새로운 한 해를 위한 결심을 다지거나 태양의 기운을 받아들이기엔 너무도 떠들썩했다. 추위에 떨었고 인파에 묻혀 마음을 추스를 겨를도 없었다. 눈 깜짝할 사이에 붉은 해는 떠올랐고 짧은 환호를 뒤로하고 바쁜 발걸음을 돌렸다.

시작은 언제나 굳은 결의로 요란했다. 희망과 기대가 들뜬 분위기를 이끌었는지도 모르겠다.

해맞이의 유효 기간은 얼마나 될까. 사람마다 다를 터이지만 그리 오래 가지는 않을 듯하다.

어린 시절의 방학 계획표도 예외는 아니었다. 아직도 시간표라면 둥근 시계 모양의 일일생활계획표가 생각이 난다. 욕심을 부려서 쉴 틈도 남기지 않고 무지개 색으로 빼곡히 채웠다. 하지만 개학 무렵에는 후회가 그 자리를 대신한 경험이 대부분이었다. 생각해 보면 방학 중간쯤에 첫 결심을 돌아보고 자신을 고쳐 세운 기억은 나지 않는다. 방학이 시작된다는 들뜬 마음이 초능력자가 세울 법한 특급 계획표를 만들게 하였나 보다. 처음부터 되돌아보기는 관심조차 없었던 것 같다.

이제부터라도 해 저물녘에 겸허해지고자 한다. 노을 앞에서 내 얼굴이 더 붉어 보이지 않도록. 해질 무렵은 동틀 즈음보다 우리에게 꽤나 긴 시간을 허락한다. 뜨거웠던 자신을 서서히 내려놓고 내일을 기약하게 한다. 노을은 처음보다 조금이라도 더 자신을 돌아보라고 길게 그림자를 드리운다.

지나온 발자국 없이 새로운 발걸음을 내디딜 수는 없는 일 아닌가. 나아가기보다 돌아보기를 한다고 하여 앞으로 가지 못할 일은 아닐 듯싶다. 뒷모습이 오히려 앞길을 더 선명하게 해줄 것이다. 그래서 이제부터는 해맞이는 접어 두고 노을맞이에 나서려 한다.

내 이름은

    내 이름은 이미영이다. 마흔 하고도 몇 해를 이 이름으로 살았지만 아직도 썩 내키지 않는다. 호적에 떡하니 올랐을 뿐더러 앞으로도 변함없이 나를 대신하여 불려질 인식표이다. 미우나 고우나 내 것이다. 어디 이름에 불만을 가진 사람이 나 하나밖에 없으랴. 너무 흔해서 혹은 남자 이름 같아서 아니면 촌스러워서 저마다의 이유를 가지고 불만을 토로하는 이들을 꽤나 만났다. 제 이름을 스스로 지을 수 있다면 불평이 사라지겠지만 그리되기는 어려운 노릇이다.

    딸 부잣집의 셋째인 까닭에 아버지가 나만 공들이지 않고 지었다고 투덜거린 적이 많았다. 우습게도 언니는 언니대로 오빠는 오빠대로 다들 불만을 품었었다. 그때마다 당신은 무난한 이름이 별 탈 없는 인생을 가져다 준다는 말로 어린 자식들을 다독였다. 아내로 아빠로 세월을 더해가는 자녀들의 모습을 지켜보며 당신은 생각했던 작명 의도에 맞는다고 흐뭇해했다.

미영이가 흔해 빠진 탓에 학교에 다닐 때에는 같은 반에도 다른 미영이가 있기 일쑤였다. 초등학교 오 학년 때이던가. 일기장 검사를 마친 선생님은 "만약에"를 "마냐게"로 잘못 쓴 친구가 있다고 콕 집어 예를 들었다. 일기장도 마지못해 제출했는데 맞춤법까지 지적하다니 선생님의 처사는 지나치다고 원망했다. 게다가 그 주인공은 두 명의 미영이 중에 한 사람이라고 친절하게 선전까지 했다. 비겁했지만 끝까지 나라고 밝히지 않았다. 아이들의 관심에서 사라질 때까지 침묵으로 피해 다녔다. 흔해서 싫다고 하면서도 눈에 띄지 않는 이름을 이용해서 뒤에 숨기도 했다.

아직 자신을 작가나 수필가라는 이름으로 내세우지 못한다. 수필가라고 명찰을 붙이기에는 함량 미달이라는 생각이 앞서기 때문이다. 천운이 들어맞았는지 처음으로 쓴 글이 신춘문예에 당선되었다. 등단이 무엇인지 알기도 전에 가지기 벅찬 타이틀을 거머쥐었다. 글쓰는 사람의 자세를 다짐해 보기도 전에 작가라는 이름부터 주어졌다. 이번에는 너무 거창한 이름이라 부담스럽다고 달지 않았다. 어울리지 않는다고 손을 저었다. 누구는 겸손하다고 했지만 속 모르고 하는 소리었다. 얼마 못가서 텅 빈 깡통으로 실체가 드러날까 봐 조마조마했다.

얼마 전에는 '2014 젊은 수필'에 내 작품이 선정되었다는 연락을 받았다. 여태 내가 쓴 글에 작품이라는 단어를 붙이지 못했다. 작품이란 예술창작의 결과물이라는 뜻이 아닌가. 내 글에 작품을 갖다 붙이다니 당치 않다는 생각을 해왔다. 수필 창작반 수업 중에 선생님이 작가정신에 대해 열변을 토할 때에도 해당 사항이 없는 일이라고 딴청을 부렸었다.

젊은 수필에 선정되면 젊은 수필 작가회의 회원이 된단다. 자꾸 작가라는 단어가 목에 걸린다. 나는 작가가 아닐뿐더러 내 글은 작품이 아니다. 언제라도 내놓은 글이 형편없다는 평가를 받으면 핑계를 대려고 대비책을 마련하고 있었던가 싶기도 하다. 어릴 적 다른 미영이 뒤에 숨어서 창피를 면했던 순간처럼 말이다.

해가 갈수록 또렷해지는 장면 하나가 마음의 짐을 지운다. 신춘문예 당선을 축하하는 자리였다. 이름이 너무 평범한데 필명을 쓰면 어떻겠냐는 조언을 들었다. 무슨 용기가 튀어 나왔는지 제법 신인다운 호기를 드러냈다. 이름은 듣고 지나가도 글은 돌아보게 만들겠다고 큰소리를 쳤다. 당선자를 축하하는 자리라 생각 없이 들떴나 보다. 가끔 되새겨 보면 얼토당토않은 말을 했다고 고개가 절로 저어졌다. 주워 담을 수 있다면 당장 그때로 달려가고 싶은 적도 많았다.

'2014 젊은 수필'에 선정된 일은 이제는 이름표를 붙이라는 명령처럼 여겨져 꼼짝하지 못하겠다. 은근슬쩍 숨을 자리를 살피는 나와 눈이 딱 마주친 것 같다. 제 스스로 이름을 짓는 사람이 몇이나 될까. 많은 이들이 불러 주어서 제 것이 되고 이름에 걸맞는 역할을 하게 되는 것 같다.

아이를 낳고 얼마간은 엄마가 되지 못했다. 아이가 입을 떼고 나서부터 매일 엄마, 엄마 부르며 옷자락을 붙잡고 따라다녔다. 그러다 진짜 엄마가 되어갔다. 나는 자식을 키우고 그들은 나를 만들었다. 엄마라는 말을 들으면 행복에 젖기도 하고 책임감에 무거워지기도 한다.

작가는 감당하기에 여전히 벅찬 호칭이다. 자꾸 부르다 보면 썩 어울리는 이름이 되는 날이 올까. 미영이도 엄마도 시간이 필요했던 것처럼 금방 이름값을 하지는 못할 것이다. 다행히도 작가의 본색이 성마른 편은 아니니 천천히 친숙해져 갈 요량이다.

달항아리처럼

그동안 쓴 글들을 모아서 책을 엮는다. 초기에 쓴 것들을 뒤적이다가 헛웃음이 절로 났다. 은유적인 문장에 상징적인 단어들로 가득했다. 교복을 벗고 처음으로 멋내기를 시작할 때처럼 치장이 많았다. 첫사랑을 고백할 때 그랬듯이 빙빙 돌려서 말했다. 작정을 하고 꾸미려는 뜻은 아니었다. 가진 능력보다 그럴듯하게 포장하고 싶은 욕심이 화근이었다. 또 혼자서 책만 파다보니 읽는 사람은 무슨 말인지 모르겠다는 소리도 꽤 들었던 기억이 난다. 사유가 깊은 글은 당연히 독자가 읽기에 불편하다고 착각을 했다.

단순한 형태에 순진한 아름다움이 드러나는 달항아리의 면모를 알아보기까지 꽤 시간이 걸렸다. 저명한 미술사학자들이 조선 도자기의 대표 미인이라고 가르쳐 줄 때에도 이론으로만 받아들였다. 형태미가 눈을 홀리는 청자도 아니고 투박해 보이는 둥그런 항아리이면서 무슨 국보에 오를 일인가 싶었다. 조선의 산천을 담았고 조선 사람의 심성을 닮은 도자기이다. 달빛이 어리는 보름달 모양을 빚어내려면 여간한 공력이 없으면 안된다. 도공의 정교한 솜씨와 조선의 정감이 어우러져야 비로소 달항아리가 탄생한다. 무심한 듯 정감이 우러나는 도자기를 빚으려고 얼마나 많은 시간과 정성을 물레질에 쏟았으랴.

하루아침에 필력이 완성되기라도 하는 것처럼 급하게 달렸다. 작품을 만들어 내기에는 대상을 찾는 눈도 어설프고 애정으로 진득하니 지켜보는 시선도 부족했다. 오래 두고 기억되는 작품은 마음에 닿는 내용은 물론이고 꾸밈없이 담박한 문체도 갖추고 있었다. 작가가 숨겨 둔 의도를 찾으려고 독자의 머리를 어지럽히는 불편한 사유가 아니었다.

장식이나 문양도 없다. 어질게 둥근 형태에 달빛이 어리는 달항아리는 넉넉한 품을 느끼게 한다. 집에 두고 매일 쓸어 보면 마음자리도 따라서 넓어질 것 같다.

화려한 문장을 부릴 재주는 없지만 공감이 가는 글은 쓰고 싶다. 한눈에 띄지는 않지만 한참 묵혀두었다 읽어도 고개가 끄덕여지는 수필을 쓰게 되기 바란다. 아직은 젊은 수필이라서 다행이다. 느릿하게 가볼 작정이다. 담담한 울림이 전해지는 작품을 쓰는 날까지.